AF364144

ENTRECUENTOS

Abel Osorio

ENTRECUENTOS

EDITORIAL
Letra Minúscula

Primera edición: abril de 2021
ISBN: 978-84-18640-62-9
Copyright © 2021 Abel Osorio
Editado por Editorial Letra Minúscula
www.letraminuscula.com
contacto@letraminuscula.com

Índice

Momentos

Entre cuatro paredes, me encuentro refugiado con mis pensamientos. Abro una ventana, hace frío, pero me gusta sentir el aire en mi rostro. Intentando retomar mis incipientes pasos en yoga y la meditación, adopto la posición yana mudra y me sumerjo en mi conciencia.

No es fácil desprenderme de mis pensamientos, los miedos asoman en mi memoria, los recuerdos se agolpan. Me remonto a los diez años, cuando jugando a las escondidas, refugiado en la escala del edificio y desesperado por mis ganas de orinar, me bajo el cierre y comienzo a hacerlo, causando la risotada de mis socios. Pero uno de ellos me mira burlonamente.

—¡Te voy a acusar...! —Y ríe a carcajadas.

Sonrío nervioso, pensando en las consecuencias de mi acto payasístico. Esa noche compleja me persiguió muchos años; la sensación de ser vulnerable, frágil frente a los acontecimientos me atormentó largo tiempo.

Pasa por mi mente el acoso de un personaje mayor que rondaba mi casa, un amigo de la familia, que pululaba sin tregua, invadiendo espacios privados de mi refugio familiar. Ese miserable tipejo buscaba estar a solas conmigo, situación que mantenía una tensión permanente en mi cabeza. Hasta que un día, estando yo enfermo, aparece el famoso tío, con un regalo para mi madre y el último ejemplar de la revista *Mampato* para mí. Y, por cierto, el botellón de vino para mi padre.

Mi madre, en su ingenuidad campesina, me deja a cargo del siniestro compadre mientras va a la feria. El malhechor se decide a tocar mis incipientes vellos púbicos, provocando mis lágrimas en silencio. Pero el cerrojo de la puerta lo detiene. Mi padre había sido despedido del trabajo y logró, con ello, salvar mi vida interior de las garras de su amigo del alma. Ese día, el abominable depredador, retornando borracho a su cuchitril, murió atropellado al intentar cruzar la calle. Mi padre nunca supo de las siniestras intenciones de su amiguete y callé, pues para mi viejo y su amargo paso por la tierra habría sido catastrófico.

El miedo se había hecho presente una vez más, acompañando gran parte de mi adolescencia.

Aparecen en mi interior las imágenes de mi amada, quien, en un acto de desesperación, me pide que le quite la vida, que no soporta la idea de esperar la muerte tan lenta y pausadamente. Me pasa la pistola de su padre y me implora la liberación. Yo tiemblo, pero la miro angustiado mientras la nube de lágrimas en mis ojos logra que ella me abrace y se resigne a la dura experiencia por venir. Su muerte reciente, luego de una enfermedad maldita, hace que la desazón me envuelva.

Mi poca experiencia meditativa en yoga no logra borrar estos recuerdos; me esfuerzo, pero en vano salen de mi corazón.

De pronto, el frío de la mañana es interrumpido por dos manos templadas y pequeñas llenas de dulce, con olor a frutilla.

—¿Quién es? —me interrogan con voz cantarina.

Esas palabras diminutas son como un rayo de luz que inunda mi cuerpo, iluminando el cuarto con la inocencia pura de Isidora, mi hija de cinco años. Dulce, inquieta, agitada por el nuevo día.

—Hoy es sábado —me dice.

—¿Y qué vamos a hacer? —pregunto.

—¡Vamos a la playa! —dice mientras comienza a saltar por la habitación con su pijama peludo.

El sonido de los pájaros se hace presente en mis sentidos; levantándome del suelo, me dirijo a la ventana con ella en brazos. Mientras me ataca con sus mil preguntas curiosas, contemplo la mañana que lentamente se ilumina, dándome cuenta de que esos malos recuerdos me acompañarán siempre; pero son neutralizados por los cálidos sabores y colores de mi pequeña.

Le envío un beso imaginario a mi compañera perdida.

—Descansa en paz... —susurro.

Mi pequeña Isidora me da un beso en la mejilla y me indica con los ojos que mire hacia el suelo; vuelvo la vista hacia el lugar y veo su mochila con forma de mono y su maleta verde con ruedas, listas, impecablemente ordenadas, tal como hacía su madre.

La miro a los ojos y reímos con tanta fuerza que despertamos a la gata, que dormía en la pieza contigua; empieza sus estiramientos y sigue con su habitual rutina de mear el capó del auto.

Nosotros, bailando, nos dirigimos a la cocina a preparar el desayuno y planificar un fin de semana donde tomaremos el té en sus pequeñas tazas plásticas; seré el cliente de su peluquería, me llenará de prendedores la cabeza; y todo esto rodeado de arena, brisa marina, olas, juegos y demases.

Maravilloso...

El viejo Tomás

"Porque el amor cuando no muere mata.
Porque amores que matan nunca mueren".
Joaquín Sabina

1

El viejo Tomás, un marino mercante retirado y pescador por oficio, de aspecto hosco y reservado, al tiempo que observa su pata de palo —miembro que fue cercenado en las costas de África— fuma su pipa con mucha parsimonia mientras dirige su mirada al horizonte desde la cubierta del navío en dirección al sur del mundo. Su parche en el ojo era una dura historia para su corazón; atestiguaba una trágica rencilla en la cual se vio enfrentado hace ya largos años cuando se enredó en una relación amorosa que le llevó a cometer actos temerarios.

Cuentan los lugareños que Tomás era el segundo capitán de la goleta El Alcatraz; el patrón y capitán, míster John O'Connell, un irlandés que había escapado de la ley debido a su participación en el contrabando de alcohol en los Estados

Unidos se había asentado en Talcahuano trabajando en la pesca ya por largos diez años.

Su esposa, una francesa aventurera, muy hermosa y llamativa, que vestía siempre con mucha elegancia sus apretados trajes de moda, hacía suspirar a todos los pescadores cada vez que se acercaba a la caleta en busca de su marido. Por supuesto que Tomás no fue la excepción; solo que, en su caso, Eva también se fijó en él; pues era joven y, aunque su rostro duro —producto del rigor del oficio— era un poco hostil, su mirada profunda y seductora fue llamando fuertemente la atención de la dama gala. Acostumbraba a conversar con él mientras su marido completaba los trámites de rigor en la capitanía de puerto.

El amor no tardó en cruzar sus corazones. Tomás, con su dura vida de niño y adolescente, encontraba en ella toda la paz y pasión que un hombre de rigor podía esperar; había tenido un par de amores, que no le dejaron más que dolores de cabeza y un hijo que crecía con sus abuelos maternos en Chillán Viejo, al que visitaba cada quince días sagradamente.

Pero con Eva, y a sus veinticuatro años, comenzó a sentir los verdaderos placeres de la vida. Pasaban los meses y el fuego crecía entre ellos, tomando cada vez más riesgos.

Míster O'Connell superaba los cincuenta y, más que en su mujer, estaba interesado en su negocio y en beber la media botella de pisco diaria que terminaba lanzándolo a la cama a dormir extenuado.

Sin embargo, Tomás y Eva comenzaban, poco a poco, a perderle el miedo al qué dirán, paseando en la plaza de Talcahuano y despertando el comidillo del barrio, que, por supuesto, no tardó en llegar a los oídos del viejo patrón de barco.

Una noche, los amantes se encontraban en la cama del patrón, desnudos, descansando luego de una apasionada sesión de amor; el viejo John regresó de improviso de su supuesto viaje a Concepción, haciendo caer en la trampa a los furtivos amantes.

—¡Así te quería pillar, perro maldito! —vociferaba en su mal español mientras levantaba un estrobo que Tomás alcanzó a esquivar, en tanto que ella gritaba desesperadamente; el joven amante se lanza sobre el gringo furibundo, intentando detenerlo, pero este se zafa propinando un certero golpe en la cabeza de Eva, aturdiéndola y tiñendo de sangre las sábanas pecaminosas. En el acto, la ira de Tomás no se hizo esperar, atrapándolo esta vez por la cintura, lo lanzó al suelo y lo tomó por el cuello.

El viejo gánster sacó su cuchillo y logró una violenta estocada en el ojo izquierdo de Tomás; este, con su órgano desgarrado, consiguió finalmente apretar el cuello de su patrón hasta darse cuenta de que él ya no movía sus extremidades.

Al notar que la lengua asomaba sin vida de su boca, lo suelta, pero no alcanza a levantarse, pues su cuerpo agotado, y su rostro amputado con un ojo menos, se desmaya del dolor.

Esa noche, el teniente de Carabineros Agapito Araya lo dejó escapar en el barco mercante malasio que se preparaba para zarpar hacia el Oriente. Agapito y Tomás habían sido compañeros de curso en la Escuela B-512 de Lirquén, su ciudad natal; por ello se mostró indulgente con este, ya que, por un lado, nunca simpatizó con el gringo prepotente. Y, por otro lado, sabía que su amigo tenía su propio castigo al perder su ojo y a su amante francesa; y eso era bastante sufrimiento para un ser humano.

2

Pasaron veinte años en que el destino de Tomás se centró en navegar, recorriendo a ultranza los siete mares en busca del sustento diario. Australia, Nueva Zelanda, sus preferidas; pero, finalmente, las costas africanas lograron cautivarlo, y pudo comprar un pequeño bote de pesca, donde pensaba asentarse el resto de sus días antes del retiro. Cabo Verde era un lugar de ensueño, que le daba la paz que necesitaba luego de largos periplos aventureros por el globo, donde conoció la dura vida del marino mercante y las peligrosas travesías por zonas atestadas de piratas orientales.

Pero no contaba con que su destino marcara otra cosa; pues una tarde que volvía de su labor, un joven y hambriento tiburón blanco, tal vez confundiendo la embarcación con un cetáceo mayor, muy iracundo, chocó con su frágil bote y comenzó una dura pelea. Rompió la red en busca de alimento, situación que enfureció al solitario pescador, transformando esa batalla en una lucha desigual en la que él, con su arpón intentaba dañar al tremendo animal hambriento; una agitada ola hace perder el equilibrio al hombre, dejándolo a merced de las fauces del escualo, que le cercenó media pierna. Tomás lanza un grito desgarrador, pero abriendo los ojos dispara el arpón, que acertó al tiburón blanco en el vientre, provocándole la muerte.

Tomás lloraba de dolor y de rabia por lo sucedido y, mirando las gaviotas que revoloteaban sobre él, perdió el conocimiento.

Cuando despertó, se encontraba en tierra firme en el hospital de la localidad.

—¡Ya era hora! —exclamó Wanabe, su amigo pescador, quien lo encontró en su bote a tiempo para trasladarlo al pueblo por asistencia.

Al cabo de unos meses, la rápida recuperación del malogrado pescador era una realidad, pero su espíritu comenzaba a flaquear con el evento tan desafortunado; el cuerpo lo sentía pesado, sus fuerzas se agotaban y su ánimo comenzaba a decaer. Por ello, tomó la decisión de volver a emigrar con el propósito de dejar atrás el entorno al que asociaba tantas penas.

El día que Tomás se aprestaba a subir al carguero que había contactado, donde una decena de viejos amigos aún navegaban, y donde le consiguieron un buen precio por llevarlo a su nuevo destino, se despide de su amigo africano que lo había acompañado y, en agradecimiento por su ayuda, le regaló su traje de buzo; pues Wanabe era un pobre trabajador marino que, al tener seis bocas que alimentar, no contaba con los implementos adecuados para su oficio.

El cercenado pescador había decidido regresar a Lisboa y vender la propiedad en la cual esperaba terminar sus días. Su trágica aventura en el mar le había transformado sus sueños y, solitario como estaba, la nostalgia se apoderó de su ser, haciéndolo tomar su última decisión: volver a Chile con el dinero ahorrado. Pensaba establecerse en Valparaíso, lugar que añoraba por haber pasado sus mejores momentos en el cerro Ramaditas, donde vivió parte de su adolescencia.

El dinero por la venta del bote se lo dejó, por cierto, a su hijo Elías, quien ya contaba con veinticinco años; y, a pesar de ser un buen albañil, quiso seguir los pasos de su padre, con el que vivía ya hacía cinco años. Estaba pronto a casarse con su novia italiana y dedicarse al turismo con una barcaza de pasajeros en la costa del Mediterráneo. Ese dinero le ayudaba a consolidar sus primeros pasos de hombre de mar y esposo.

Con su pata de palo y su ojo parchado, Tomás subió al mercante que lo trasladaría a su nuevo destino, donde pensaba dedicarse a alguna actividad que le devolviera las ganas de vivir; pues, aunque el trabajo en sus correrías económicamente había sido benevolente, las trágicas mutilaciones de su cuerpo lo hacían sentir que la vida se había ensañado con él.

Contemplando el horizonte, en la inmensidad del mar infinito, su espíritu se recomponía; poco a poco, en el transcurso de los días, su fuerza y su ánimo mejoraban pensando en su nuevo periplo, hasta que finalmente la vista de los cerros habitados del puerto de su destino colmó de ansiedad su corazón.

3

Los años sesenta venían con una carga emocional enorme; se sentía una atmósfera con aires renovados. Las nuevas generaciones comenzaban a interesarse en el libre albedrío más que nunca. Elvis Presley y el *rock and roll* prepararon el camino para que luego floreciera una avalancha de músicos, tanto en Estados Unidos como en Europa; fenómenos que ya empezaban a notarse también en Chile, aunque de una manera muy artesanal, muy chilena. Los músicos chilenos grababan traducciones de los éxitos del pop inglés y del *rock and roll* estadounidense.

Por otro lado, Cuba y la revolución eran una realidad que transformaba el continente en un campo minado, sobre todo en lugares donde la injusticia y las inequidades eran el pan de cada día. Nacía también la Nueva Canción Chilena en contraposición a los grupos folclóricos que representaban más bien a los patrones que al campesinado.

Bajo este escenario, Tomás arriba a Valparaíso; un puerto carismático y de mucho prestigio marino en épocas anteriores, por ser paso obligado de barcos comerciales y también de barcos balleneros en otros tiempos y punto de entrada de muchos productos para ser repartidos en todo el territorio. Valparaíso contaba con un prestigio que todo marino que se respetara conocía. Su similitud con San Francisco, emblemático puerto estadounidense y recordado por los hombres de mar, hizo que estos lo bautizaran como Pancho. Una ciudad que se encumbra por los cerros con callejuelas que desafían los diseños arquitectónicos, donde poetas y cantantes elaboraban inspiradas coplas y la bohemia dejaba historias variopintas, que mezclaban pasión, asesinatos, avaricias y alegrías; donde el dinero, la prostitución y el alcohol abundaban.

El retirado marino hace la fila para pasar la aduana junto a todos los pasajeros de los dos o tres barcos que habían recalado en el puerto.

Luego de unos minutos, escucha tras él una discusión acalorada, al parecer de unos turistas, que llamaba la atención del gentío atochado en la aduana.

De pronto, lo sorprende una pequeña maleta que rodó delante de él y nota que nadie repara en ese detalle en vista del revuelo. Tomás levanta la valija y se dirige hacia la mujer de la discusión; al parecer, no es una pelea de novios, sino más bien familiar. Con cierto desgano, le toca el hombro para entregarle el bolso que, seguramente, era de ella, o bien para buscar al dueño distraído.

Ella con la cara roja por la discusión, voltea para encarar al intruso; el silencio entonces se hace presente y temblando se quita las gafas diciendo...

—Tomás...

Este, confundido, comienza a repasar toda su vida en un *racconto* fulminante, llegando al momento en que el sabor de un beso galo lo transformó en un ser dichoso, aunque por poco tiempo. Su confusa y mutilada mirada logró hacer rodar una lágrima por la mejilla de ella. No tenía duda: era Eva.

—¿Eva? —repite con la voz entrecortada.

—¿Cómo estás, *mon cheri*...?

Él, sin responder, acarició su pelo con la ternura de un adolescente enamorado; Eva contempla su parche en el ojo y al observar su pata de palo, asombrada por lo que descubre, lo mira mientras las lágrimas nublaban su vista; lo abraza con tanta energía que Tomás siente un nudo en la garganta, que finalmente explota y las lágrimas le brotan con la fuerza del dolor reprimido por tantos años.

El acompañante de Eva, incómodo con la situación, se aleja hasta una muralla y se sienta en el suelo con su morral entre las manos.

La gente contempla muy confundida el encuentro de los dos trágicos amantes ya con veinte años más en sus vidas.

—Pero cómo puede ser posible —dice Tomás—, te dejé abandonada en un charco de sangre ese día fatal...

—¿Te acuerdas de Agapito? ¿Tu amigo policía?

—Claro que sí, cuando desperté íbamos rumbo al puerto. Le pregunté por ti y me abrazó diciendo que lo mejor era huir, que ya nada se podía hacer.

—Luego de dejarte en el puerto volvió para llevarnos a John y a mí a la morgue. Milagrosamente, yo reaccioné en ese momento y Agapito detuvo la hemorragia a tiempo. Luego de varias semanas de estar hospitalizada, me estabilicé y salí en tu búsqueda. Pero fue en vano, tu rastro se perdía en altamar. Nadie te conocía.

Después de perder la esperanza volví a Lyon, mi ciudad natal, junto a mis padres.

Pero no te he presentado a Antoine; es mi hijo. —Y con la mano le hace una señal al muchacho para que se acerque. Este, de mala gana, saludó al obnubilado pescador y regresó a su improvisado asiento.

—Te casaste —le indica.

—Sí; pero él murió hace tres años. Hace ya seis meses que venimos viajando con Antoine por Sudamérica.

La aduana comenzó a atender a los pasajeros interrumpiendo el encuentro entre los dos amantes.

—Nos alojaremos en el hotel Prat. ¿Te parece si nos tomamos un café esta tarde?

—De acuerdo, pasaré por ti a las ocho.

—¡*Trés bien!* —contesta Eva con una sonrisa que dejó perplejo a Tomás.

Los recuerdos se agolpaban en su cabeza, pensaba en su dolor y en la suerte que había corrido su vida. Pensaba que, si se hubiera quedado, hoy día ese hijo sería suyo y tal vez habrían envejecido juntos.

4

Buscó hospedaje en las cercanías y se preparó para el encuentro. Luego de un reparador baño, abre una de sus maletas para sacar una prótesis nueva que su amigo Adrián, un artesano lisboeta le había confeccionado. Era una pieza en madera fina y liviana, pero que finalizaba con la forma del pie, con la misma horma que su calzado; de manera que podía usar zapatos en forma normal, logrando así disimular un poco más su desgracia. Se puso su nueva prótesis pensando que esta era una gran ocasión para llevarla.

Acicalado y con un impecable traje a rayas se dirige al hotel, donde su recordado amor descansa; con gran entusiasmo atraviesa las intrincadas callejuelas de ese sector del puerto, observando y evocando cada rincón que en su memoria aún permanecían de este tradicional lugar, que en tantos años no había cambiado mucho.

Cuando llega el vestíbulo, ve a su amiga; nerviosa, pero radiante con su bella sonrisa, con un vestido floreado que resaltaba su delgada figura. La miró con detención mientras avanzaba hacia ella; sus luminosos ojos celestes lo estremecieron; su pelo corto ahora, cayendo con sensualidad por su mejilla izquierda, no hacían más que confundirlo al caminar, tropezando con los sillones de la recepción. Finalmente, dándole un abrazo, la invita a la cafetería del hotel.

—¿Y tu hijo? —pregunta Tomás con un poco de curiosidad.

—En el puerto con su cámara fotográfica y mirando mujeres, supongo —indica ella con un dejo de orgullo y ternura.

La charla se extendió por más de una hora donde ambos amantes recordaron cada momento juntos, con sus penas y alegrías.

Eva lloraba al enterarse de todas las peripecias de su antiguo amor.

Cuando la tarde menguaba, ella toma la mano de Tomás y mirándolo fijamente le dice:

—*Mon cheri*... Antoine es tu hijo. Cuando regresé a Lyon con mis padres, a los pocos días sufrí un desmayo; ellos asustados me llevaron al hospital, donde recibí la noticia de mi embarazo.

Nuestra vida ha sido muy buena, pero mis padres, en esos años, eran mucho más conservadores y no quisieron develar mi realidad; Antoine creció creyendo que su padre murió en una carrera automovilística. Mi difunto marido respetó siempre mi decisión; quiso mucho a Antoine, como si fuera su hijo; nos dio buena vida hasta que su corazón falló. Solo hace un par de años le conté la verdad a nuestro hijo, la verdad que en ese tiempo yo conocía: que tú habías huido luego de una pelea y que nunca más nos vimos.

Para regresar a Francia lo hice en avión, participé en los primeros vuelos a Buenos Aires y continué con los primeros vuelos desde Buenos Aires a Europa. Fue una manera de olvidar la tragedia vivida acá. La razón de esta travesía con Antoine fue por su inquietud de conocer la realidad de donde fue gestado. Está aprendiendo muy rápido el español.

Pero tú, *mon amour*, apareciste de la nada y me has derrumbado, me has quebrado los esquemas.

Tomás, atónito, con una mezcla de emoción y sorpresa, con torpeza mueve sus manos, como si el frío lo invadiera repentinamente; mirando directo a los ojos de su amada, pregunta:

—¿Y él sabe quién soy?

—Sí, *mon cheri*; ya lo sabe y te está esperando en el muelle.

—Acompáñame, por favor —dice él. Entusiasmado pero asustado, se levanta de la mesa tendiéndole una mano a Eva. Ella se incorpora lentamente mientras el atribulado pescador la toma de la cintura, quedando ambos frente a frente, entregándose en un beso lleno de recuerdos; un beso enamorado como hace veinte años, con una carga emocional colmada de pasión cercenada por el destino.

Abrazados, caminan por las húmedas calles de Valparaíso, hasta llegar al muelle.

Antoine los ve llegar y dispara con su cámara mientras sus padres se acercan hacia él.

—Mucho gusto, hijo, eres hermoso; te pareces a tu madre, afortunadamente.

Ambos ríen y se abrazan largo rato; las lágrimas no tardan en aparecer. Eva, radiante, toma la cámara y los retrata varias veces mientras la lluvia comienza a caer, haciéndose cómplice de este íntimo momento.

Los tres caminaron lentamente bajo la lluvia llenándose de preguntas, sonrisas, tristezas y abrazos, perdiéndose en la noche porteña, que ya se preparaba a recibir a los marinos, que bajaban a los locales nocturnos en busca de diversión y alcohol.

Quince años[1]

En la esquina, tu pelo rubio, tus labios carmín, tu mirada encantadora,

me seducen; tus medias negras, tus zapatos rojos, me entusiasman.

Te dejo subir al auto, me besas, mi excitación es enorme; charlamos, observo tus bellas piernas.

Entramos al pequeño motel, la habitación erotizada.

Estoy en la cama, desnudo, mientras sales del baño solo con medias y zapatos; me abrazas, me besas, nos succionamos, nos violamos.

Exhaustos, nos tendemos luego de un orgasmo mutuo; abres tu cartera

y me entregas una tarjeta que dice:

—¡Feliz aniversario, mi amor! ¡Quince años juntos!

Sonriendo todavía, te entrego la rosa que guardaba en mi chaqueta.

Santiago de Chile

---

1 Primer lugar en Cuento Corto, en Concurso laboral «One Amec 2011».

El ciclista

Extasiado, don Hipólito culminaba por última vez su jornada laboral; era tiempo de jubilarse. Se preparaba para el día siguiente en que la empresa lo agasajaría con una cena en la cual le regalarían un reloj de oro, para galardonar sus cuarenta y cinco años de trabajo.

Salió como todos los días, llevando su bicicleta pistera que por tantos años le acompañaba.

Los recuerdos lo invadían en ese momento, evocando sus primeros años como cargador en la Vega Central con sus frías mañanas que calaban los huesos y donde el café con coñac calentaba por dentro el cuerpo. Más de una vez debió pelar el ajo para lograr alimentar a sus cachorros, que su vieja, su esposa querida, cuidó con esmero en su humilde y precaria morada, por allá por el callejón Lo Ovalle.

Sentimientos encontrados lo invadían cuando en su cabeza sacaba cuentas. Si las autoridades no hubieran ampliado el plazo del retiro en cinco largos años más, se habría jubilado a los sesenta y cinco, disfrutando el descanso con su vieja; pero el destino se la arrebató dos años antes de terminar su nueva y extendida meta laboral. Un ataque al corazón los separó para siempre. Hoy con setenta años, algo canoso, pero perfectamente peinado, no sabía cómo enfrentar su nueva etapa, que comenzaba a crearle expectativas bastante menores a los sueños que llevaba en su interior.

Con su viudez a cuestas, no estaba seguro de que su nuevo *status* fuera placentero. Su hija menor lo quería en su hogar para cuidarlo, pero su yerno no era una persona muy amable; más bien le molestaba tener a su suegro tan cerca. Hipólito, con la sabiduría que daban los años, sabía que eso sería un problema para los demás. Su meta era tener una casita en su natal Pichilemu, pero las inmobiliarias con su avidez comercial ya habían comprado toda la zona costera, aumentando los precios del sector y erradicando a los antiguos habitantes hacia el interior, muy lejos de las olas; con lo que no le quedaba más remedio que conformarse y terminar de pagar el minúsculo departamento que cobijaba su descanso diario en la capital.

Con su rostro enjuto, su delgada anatomía, producto de tantos años de pedaleo, avanzaba por calle San Diego con sus pantalones aflautados con pinzas de ropa, decidiendo entonces celebrarse a sí mismo, pasando a tomar una caña de vino en Las Tejas, antiquísimo local de Santiago, donde los perniles, el queso de cabeza, la marraqueta, el pipeño y el chacolí que algunos artesanos del vino aún preparaban eran los manjares que deleitaban a los parroquianos, en su mayoría, gente de avanzada edad.

Saludó a Elvira, la camarera que siempre lo atendía con afecto, pues ella provenía de La Estrella, un cercano pueblo ubicado al interior, entre Santa Cruz y Pichilemu. Luego de dos vasos y su sándwich de pernil, salió del local visiblemente afectado por el alcohol y tomando su bicicleta comienza a zigzaguear por la calle santiaguina. Fue en ese momento que aparece un bus, desplazándose veloz hacia el norte de la ciudad y, sin poder detener su alocada carrera, arroya al ciclista tembloroso, lanzándolo contra un poste, para luego ser atropellado de frente por el furgón que venía detrás del bus.

Hipólito, con la vista nublada y con el dolor intenso del impacto recibido, solo alcanza a gritar:

—¡María! —muriendo al instante; mientras, un carabinero y la muchedumbre se acercaban presurosos ante tan trágico accidente.

La televisión informa del fatal acontecimiento, dando énfasis en que se trataba de un ciclista bebido y culminando la noticia con una cuña donde el ministro de Justicia anuncia fuertes cambios, incluso con la cárcel, a quien se sorprenda conduciendo una bicicleta en estado de intemperancia; para que la ciudadanía comprenda de una vez por todas que la ley hay que respetarla a como dé lugar.

Mientras las imágenes muestran el camión municipal, que limpia la sangre del lugar, donde se truncaron los precarios sueños de Hipólito, la conductora del noticiario anuncia que, tras una brevísima pausa comercial, vendrá un despacho en directo desde el peaje de Lo Prado, donde se espera que medio millón de vehículos salgan de la capital aprovechando el fin de semana largo.

Jennifer

Jennifer avanzaba en la fría mañana por el paseo Ahumada, cansada, luego de una dura noche bajo el puente Loreto; había sido montada por tres de sus compañeros, siendo el Negro el más duro de todos.

Pero ya estaba acostumbrada a ese trato; ahora solo le importaba llegar a donde estaba su amigo Raúl, el viudo y viejo conserje del pasaje Matte, quien siempre llegaba muy temprano desde que su mujer muriera de cáncer.

Como todas las mañanas, la esperaba para convidarle la mitad de su marraqueta con mantequilla. Ella, por su parte, respondía a las necesidades de Raúl como todos los días; le lengüeteaba la mano y movía su cola con mucha insistencia.

Raúl se reía con ella, le daba unas palmadas en la cabeza y entraba a la conserjería mientras Jennifer se iba coquetamente moviendo sus cuatro patas y con la media marraqueta en el hocico.

Medio Oriente

El sol traspasaba nuestra ropa mientras avanzamos por el desierto, custodiados por los marines con sus trajes astronáuticos; la misión, reparar la cañería de agua que llegaba al pueblo. En un afán de ser más populares, los soldados estadounidenses, luego de haber volado medio pueblo con sus aviones de caza, se presentaban como los benefactores que solucionaban los problemas del precario poblado árabe.

Reflexionaba mientras el camión en el que nos desplazamos avanza presuroso; se me viene la imagen de las viejas películas de la Segunda Guerra Mundial; Rommel y sus huestes avanzando monótonamente por el desierto árabe. Me preguntaba cuándo los pueblos africanos y árabes lograrían su estabilidad que por tantos años les ha sido esquiva.

La empresa petrolera en la cual trabajo había decidido, en un acto humanizador, colaborar con la comunidad árabe, con el fin de mejorar su imagen corporativa.

Mi misión, supervisar el trabajo de la cuadrilla de trabajadores que repararía la cañería averiada.

Los soldados nos miran y se ríen burlonamente, como suelen hacer, como una forma de defenderse del desprecio y del odio de la gente local. No era nueva esa imagen, que las cadenas norteamericanas difunden lucrando con el dolor, y el alejamiento de la milicada, el desarraigo que exacerban en sus tradicionales documentales de fin de semana, que se difunden por el mundo logrando visibilizar la egoísta mirada del soldado invasor y su tristeza mientras en los lugares ocupados mueren mujeres y niños sin consideración y donde la venta de armas es de una gran conveniencia económica para todas las potencias, al igual que los suministros para reparación, y los suculentos negocios de la telerrealidad que el pueblo norteamericano acostumbra a ver con entusiasmo.

Yo, como chileno exiliado, hijo de exiliados, me veo en medio de un conflicto ajeno, que mis padres aborrecen y donde solo me mantiene el fin último: lograr juntar dinero para dar una mejor calidad de vida a mis hijas. Fue muy difícil ingresar a una empresa especializada siendo técnico, pero los contactos de mi padre lograron ese cometido.

Mientras avanzamos por el desierto calcinante, recuerdo la cara de Matilde, antes de venir a trabajar a este lugar. Una sensación de incertidumbre se dibujó en su rostro; hace ya un par de años que lo nuestro no anda bien.

Le expliqué que esto nos daba tiempo para reflexionar, de ver qué pasa con nuestras vidas, nuestros corazones. A pesar de nuestros conflictos, no se presentaban discusiones acaloradas, excepto cuando le di la noticia de este viaje, por cierto. En general, nos atacaba el desamor, la rutina y, quién sabe, tal vez la ciudad gris y acelerada ayuda a tener conflictos de convivencia o quizás tan solo nuestros caminos han empezado a separarse, a tener distintos rumbos. En aproximadamente un mes más, esta travesía termina y tendré que enfrentarme a ella para tomar una decisión que aclare nuestro camino.

Mientras tanto, me encierro en las labores profesionales para lograr un poco de paz interior.

Mis pensamientos se ven interrumpidos cuando el primer vehículo vuela sobre nosotros luego de un gran estruendo, una gran explosión; frenamos bruscamente, los dos soldados que nos custodian bajan presurosos, pero con tan poca suerte que aterrizaron despedazados por las balas de nuestros atacantes. Nosotros nos agachamos en el piso del camión. Al levantar la cabeza, veo la materia gris del conductor que queda adosada a la luneta del camión mientras el copiloto grita con medio estómago destrozado.

Los tres trabajadores lloran en el piso del camión mientras yo me agazapo en el fondo del vehículo temblando y mordiendo el pitillo a medio consumir, sin darme cuenta cómo la brasa me quema la camisa.

No pasaron diez segundos y una veintena de rebeldes hablando en forma hiperventilada nos apuntan; ninguno de nosotros domina el idioma. Los tres obreros ecuatorianos muestran las arrugadas fotos de sus familias implorando misericordia; uno de nuestros atacantes me ve y me conmina a bajar.

—*Where are you from?* —me pregunta en un precario inglés y con cara de interrogación, seguramente porque mi piel morena y mi pelo azabache distan mucho de la imagen más típica del americano invasor rapado; igual que los tres operarios que ya habían bajado llorando y hablando en español muy entrecortado por los nervios de tan sorpresiva situación.

—*I'm from Chile!* —respondí presuroso; luego de ello recibí un culatazo que me nubló la vista cayendo desmayado en la arena.

Un vaso de agua fría me despertó abruptamente; estoy amarrado junto a los tres ecuatorianos que ya se ven más tranquilos, aunque la incertidumbre hace que sus rostros se tornen cada vez más pálidos.

Un tipo de barba muy cuidada me habla en perfecto español y me ayuda a caminar para llegar donde su jefe, que se encuentra en la habitación contigua.

Discuten entre ellos y nos apuntan con el dedo; hay cámaras y pareciera ser que nuestra suerte depende del hombre que aún no dice una sola palabra; solo mira y se sirve su plato de comida. El barbudo guardia me dice:

—¿De qué parte de Chile eres tú?

—De Santiago, de la capital.

—¡Ah, Patronato! —Y lanza una risotada.

—¿Tú conoces Chile?

—Sí, tengo familiares allá.

—¿Qué harán con nosotros?

—Ibrahim está muy enojado porque perdió dos hombres y desea hacer un video con sus ejecuciones para amedrentar a los soldados americanos. Pero Lyad, nuestro líder, es reacio porque estamos muy expuestos; en estos momentos nuestras casas de seguridad están muy vigiladas, por lo tanto, debemos ir muy lejos.

En ese momento, Ibrahim, el segundo de abordo, me toma de los pelos y me hace arrodillar ante su jefe. Enfurecido, habla en tono iracundo y apuntándome con el fusil a la cabeza.

El armado guardia que habla español también le habla a su jefe con vehemencia. El líder, visiblemente molesto por no poder terminarse su platillo, hace callar a todos, y comienza a despotricar a diestra y siniestra. Ibrahim baja la cabeza en señal de respeto; Lyad mira al guardia que habla español diciéndole: «¡Yalal!». Y comienza a hablarle largamente y en voz baja sin dejar de mirarme.

—¿Cómo se llama tu presidente? —me pregunta con amabilidad Yalal.

—Ricardo Lagos —le respondo.

Vuelven a conversar entre ellos mientras otro guardia me devuelve a la habitación donde se encuentran los tres ecuatorianos. Luego de media hora, Yalal se acerca con una sonrisa diciendo:

—Serán liberados... los cuatro. Se lo deben a tu presidente por oponerse a la invasión.

—Prepárense... —Luego de una risotada se aleja de nuestro lado.

Nos miramos con un suspiro de alivio, ordenando lo poco que teníamos de ropa. Nos dieron algo de comer y beber mientras Yalal nos miraba.

—Tienen suerte de vivir en países como los suyos. Sin guerras, en paz, con sus familias, sus parientes, sus esposas e hijos. Disfrútenlo.

— No siempre ha sido así —le contesto—. Hemos pasado tiempos duros en América Latina, pero la ola de dictaduras está quedando atrás hoy en día.

—Tenemos bastantes diferencias sociales en Ecuador — aportaba Mario, un soldador calificado que había salido de su país por primera vez.

—Pero no se compara con esta forzada marcha en la que tratamos de sobrevivir en esta parte del mundo. Aquella riqueza, ese oro negro, ha sido y será una maldición por los siglos de los siglos. En tanto, seguiremos luchando por nuestra libertad hasta vencer o hasta morir —termina diciendo Yalal.

Los cuatro quedamos en silencio ante la conclusión de nuestro defensor. Conversando por largo rato, se acercó la noche; me doy cuenta, además, de que nos dieron algo con el café, pues no puedo mantenerme despierto. Cierro los ojos alcanzando solo a sentir que me los están vendando y pierdo la conciencia rápidamente...

Despierto con los saltos de la camioneta que avanza por el desierto, notando que ya ha amanecido y suponiendo que hemos viajado toda la noche. Solo veo, por debajo de la venda, las botas del guardia que va con nosotros en el vehículo.

Finalmente, nos detenemos; distingo la voz de Yalal que les da órdenes a sus camaradas.

Nos bajan con mucha prisa y sacándonos la venda compruebo que estamos en un cruce de caminos. Yalal se acerca a nosotros presuroso y con su metralleta en alto.

—Caminen hasta esa colina y doblen a la derecha. Deben avanzar por una hora y luego enciendan este celular. Estoy confiando en ti, José.

Y entrega este presente a mi tía Thaera en Patronato —me dice al oído sin que se enteren sus compinches.

—¡Si lo encienden antes serán eliminados! El camino estará vigilado.

—¡Saludos a tu presidente! —Y se aleja riendo y dándole órdenes a sus amigos de abandonar el lugar rápidamente.

Cuando la camioneta se pierde en el recodo del camino, Efraín, el mayor de los trabajadores, me arrebata el teléfono e intenta encenderlo; corro detrás de él y lo alcanzo por los pies.

—¡No seas huevón, Efraín! ¡Ten paciencia! Respetemos lo acordado. El teléfono tiene GPS, los milicos gringos llegarán en segundos hasta nosotros. Un trato es un trato, no nos involucremos en esta guerra que no nos pertenece.

El asustado soldador, temblando aún, me devuelve el celular y me abraza.

—Está bien, compañero, lo siento.

Caminamos rápido, temerosos, pero con muchas ganas de llegar hasta la colina, donde finalmente fuimos rescatados.

Ha pasado un mes y nos encontramos en el aeropuerto de Madrid; luego de un exhaustivo confinamiento en dependencias del ejército estadounidense, nos han interrogado e incluso amenazado, pero lo cierto es que no tenemos mucho que decir. Las descripciones relatadas podrían pertenecer a cualquiera. Finalmente, se cansaron y nos dejaron en libertad de acción. Mientras terminamos de chequear nuestros pasajes, en el noticiario internacional muestran un ataque de los soldados en una localidad cercana, haciendo notar la victoria sobre el grupo terrorista que había atacado a unos trabajadores y asesinado a sus compatriotas.

Sacaban los cuerpos, mostrando principalmente al líder. Nos miramos entre mis camaradas y con una leve sonrisa nos damos cuenta de que los terroristas mostrados no correspondían a ninguno de nuestros captores. Ante lo cual, les dije la famosa frase utilizada por un antiguo humorista chileno:

—La televisión... ¡penetra!

Mis tres amigos rieron de buena gana y nos abrazamos, agradeciendo a las alturas por haber salido vivos de esa encrucijada.

Luego de trece horas de viaje, el cerro Aconcagua me recibe majestuoso, mi país cordillerano está frente a mí con sus puntas nevadas. Al bajar del avión veo a mis dos pequeñas hijas que saltan nerviosas; veo a Matilde que me mira con pena mientras una lágrima rueda por su mejilla. Cuando se abren las puertas de salida del terminal aéreo, una turba de reporteros intenta sacarme palabras.

—José, ¿cómo se encuentra luego de esta tragedia?

—¿Piensa volver al Medio Oriente?

—¿Cómo lograron escapar? Dicen que pagaron rescate por sus vidas.

—¿Qué piensa de la decisión de Ecuador de enviar un saludo a los terroristas por su benevolencia con sus compatriotas? ¿Qué piensa al respecto?

—Dicen que usted trabaja para la CIA. ¿Es cierto?

—¡José..., José!

Solo pude acercarme a mis niñas, que me abrazan con fuerza llenándome de besos, y la mano cálida de Matilde me hace adivinar que nuestra tormenta pasional ha pasado. Nos fundimos en un beso sin importarnos los gritos, las preguntas o los aplausos.

Finalmente, accedí a una entrevista en un canal de televisión donde tres periodistas me llenaron de preguntas y donde relaté parte de lo vivido. Por cierto, también estaba invitado Ricardo Lagos, quien levantaba su dedo de vez en cuando y hablaba de lo importante que es tomar decisiones en favor de la vida.

Me dejé llevar por los aprovechamientos políticos, pues, mal que mal, a una decisión política le debía la vida; y prefería devolver el favor de esta manera, que hacerme parte de un chisme mediático de programas de farándulas, que me ofrecían esto y el otro.

Preferí agradecer el gesto presidencial en cámara, pues ya se apronta la campaña para las próximas elecciones. De alguna manera, sentí un deber: apoyar a cualquiera que fuera contrario a los partidos que habían crecido al alero de Pinochet y que defendían su gobierno a brazo partido.

Dicen que una mujer tiene muchas posibilidades, una mujer que fue torturada, como mis padres, como tantos chilenos en aquella época negra de nuestra historia patria. Quién sabe si funcione en un país bastante misógino en política.

Con el dinero ganado en mis correrías por el Medio Oriente, compraré un bus y me internaré en el sur, para trasladar a esos campesinos olvidados de los pueblos interiores, que deben levantarse de madrugada para llegar a la ciudad y hacer sus trámites legales. Trasladaré a esas viejecillas con sus canastos, sus gallinas y sus maletas con ropa nueva para sus nietos. Ya tenemos algo visto en los alrededores de Valdivia.

La tía Thaera recibió con alegría y lágrimas el encargo de su sobrino Yalal, y nos invitó a cenar con su familia. Fue una hermosa velada, donde los sentimientos y las plegarias por la paz fueron la tónica. Al subir al vehículo, de regreso

a nuestra casa y con las niñas durmiendo en el asiento trase-
ro, Matilde me mira con una sonrisa delicada y tomando mi
mano dice:

—El sur nos espera, amor...

La marcha

Entusiasmada, alzas la bandera de tu facultad y se agolpan en tu cabeza tus ideales de justicia; sabes que tu padre está en algún piquete de la policía, con su escudo, probablemente pensando en ti.

Tú, aunque rebelde e insolente, entiendes a tu padre, pues está próximo al retiro. Pero tu lucha es por tus iguales y por ti misma; si no fuera por las becas de excelencia que te has ganado con gran esfuerzo, no tendrías ninguna posibilidad.

De pronto, un enmascarado lanza una botella contra los escudos uniformados; te asustas. ¿Está tu padre ahí? No lo sabes, solo corres para evitar la violenta reacción policial, pero tropiezas con la acera; un uniformado, con su robótico traje, lanza un fuerte golpe a tu cabeza, haciéndote sangrar de inmediato.

Cuando esperas el segundo golpe, sientes una quebrazón de vidrios y un trueno inesperado tiñe la acera con la sangre de tu agresor. Tú, aún en *shock*, no entiendes; solo ves que detrás de tu atacante hay una figura protectora, que pistola en mano se retira el casco mientras es reducido a golpes por sus compañeros, haciéndolo caer de rodillas frente a ti.

El caos es total, las cámaras de televisión captan toda la escena para poder vender la morbosidad en los noticiarios nocturnos.

Tu nublada vista comienza a notar más claramente lo que pasa y tiemblan tus labios; reconoces a tu viejo mientras las lágrimas brotan con dolor de tus heridos ojos y la sangre baja por tu delicado cabello negro.

Solo alcanzas a ver que él te mira con la misma ternura de siempre, con la misma sonrisa de cuando tenías cinco años y te lanzabas en el resbalín.

Solo puedes llorar; él solo te sonríe.

¡Eh, Sabina!

Aquel verano de 2012, comenzando febrero, Horacio volvía de su faena en la capital, retornando a su hogar por la carretera hacia Viña del Mar. Con todo el cansancio de la agresiva ciudad capital en el cuerpo y tratando de no dormirse, observa que en el atardecer una figura se divisa al borde del camino.

Un tipejo flaco, pantalones de cuero, medio cigarrillo en la boca, marcas de carmín en el rostro y un ojo ennegrecido quizás por un puñetazo. Una botella de ron en la mano a medio consumir, camisa medio abierta de color rojo. Y, en la otra mano, una guitarra y una chaqueta de cuero con una leyenda que dice:

«Y nos dieron las diez...».

Al detenerse bajando el vidrio, el esquelético peregrino se acerca diciendo:

—Venga, tío. ¿Puedes ser tan majo de tirarme en la Ciudad Jardín?

—Yo te conozco... —responde Horacio un poco confundido.

—¡Hombre, claro, soy Sabina!... ¡El gilipollas! Que aún no aprende a sentar cabeza; pero tú calladito, tío. Mira que un par de ninfas me han dejao tirao, se han llevao mi billetera y la hierba que mi mánager me consiguió en el concierto; por cierto, vaya qué porros tenéis, ¿eh? Han evolucionado mucho. Nada que envidiar a los pakistaníes —termina diciendo y soltando una carcajada colmada de tos.

—Pero vamos, tío, si no me quieres llevar no hay problema; tú me dices, me bajo y aquí no pasa nada, ¿eh?

¡Eh! ¿Qué dices...?

—No, no; no te preocupes. No hay ningún problema, es solo que estoy un poco confundido —contesta Horacio.

—Ya, está bien y yo estoy cabreao, tío, pero si te quedas en la berma no llegaremos nunca a ningún sitio. ¿No te jode? Te lo agradezco —continúa diciendo mientras se trepa a la camioneta rumbo a la costa.

—Eres un buen samaritano. ¡Hey! ¿Te parece si te canto una cancioncita para que el viaje sea más ameno?

—Sí, claro, sería un honor.

—¡Hombre! No seas tan formal. Relájate que el mar nos espera —culminó tosiendo una vez más.

—¿Cómo te llamas, chaval?

—Horacio.

—Pero tienes cara de Manuel. ¿Te importa si te digo Manolo?

—No hay problema —responde Horacio, extrañado ante su nuevo bautizo.

Luego, rasgueando la guitarra, Sabina comienza a cantar:

"Las doce marcaba el reloj de la sala
rendido de sueño la luz apagué
cuando oí una fuerte voz que me llamaba
y aparecióseme Lucifer...".

Con mucha atención, Horacio escucha la letra sin creer lo que está pasando. Por su cabeza vuelven los recuerdos de Natalia, que, luego de abandonarlo, le exigió la abultada mensualidad para su hijo, amenazándolo con las penas del infierno si no cumplía.

"... Hizo un gesto con su mano
y en el espacio me encontré
volando con alas de espuma
mirando la tierra a mis pies...".

Proseguía cantando Sabina con su desgastada voz. El amable chofer recordó a su jefe, un arquitecto malas pulgas, que cada mes aumentaba las horas y lo amenazaba con el despido si no cumplía con el horario ni le informaba a diario cada uno de sus pasos en la construcción. Además, lo obligaba a vigilar a sus compañeros en forma inquisitiva.

"Enjambres de estrellas cruzamos veloces
mientras en mi oído sonaba su voz:
Hace muchos siglos —me dijo—, en el cielo,
hubo una sangrienta revolución.
Un grupo de ángeles nos levantamos
contra el poder absoluto de Dios.
Como todo vencido conocí el exilio
la calumnia, el odio y la humillación.
Pero te aseguro que, de haber ganado,
ni muerte, ni infierno, ni cinco, ni dos,
ni tuyo, ni mío, ni odio, ni trabajo

habrían existido, ni diablo ni Dios.
Déjame vivir contigo,
demonio amigo —supliqué—...".

—¡Échale, Manolo! ¿Te ha gustado ese tema? Oye, ¿está muy lejos de acá San Pedro?

—¿De Atacama?

—¡Pues sí, gilipollas! ¿No es acaso vuestro tesoro turístico?

—Sí, claro; bueno, a un par de días de acá...

—¿Y qué tal si me llevas por ahí? que tengo ganas de conocerlo, pero antes detén el coche para echar una meadita.

La canción del diablo seguía rondando por la cabeza de Horacio con mucha fuerza; cada palabra le hacía revisar su experiencia amorosa y laboral.

"... Sí, esto que les cuento es una historia cierta,
ustedes si quieren me creen o no,
pero no le cierren la puerta al diablo
si llama una noche a su habitación...".

Aprovechando la pausa sanitaria del controvertido artista ibérico, el fatigado conductor llama a su jefe por teléfono diciéndole:

—Don Agustín... ¡Renuncio! —La euforia de su acto le hace dar un brinco que llama la atención de Sabina.

—¿Y, tío, como la ves? —le consulta mientras enciende un cigarrillo.

—¡Has contratado al chofer indicado! Recorreremos la carretera infernal hasta San Pedro. ¡Desde este momento!

—¡Me cago en la leche! ¡Qué cojonudo eres! ¡Échale, Manolo! —grita el artista mientras vuelve a tomar la guitarra comenzando a cantar...

"... Si lo que quieres es vivir cien años,
haz músculos de cinco a seis.
Y ponte gomina que no te despeine
el vientecillo de la libertad...".

Y cantando a dúo los nuevos amiguetes comenzaron una travesía hacia el norte, en un improvisado *tour*, que acompañó las posadas de camioneros, alegrando por varios días a los lugareños, desempolvando las emociones de los áridos pueblos nortinos, recorriendo Los Molles, Los Vilos; huyendo de los maridos celosos al pasar por Ovalle; jugando en los casinos por Tierra Amarilla, bebiendo vino en el Valle de la Luna, en San Pedro; fotografiando Calama, Sierra Gorda, Camiña; admirando la Pampa del Tamarugal, bailando en La Tirana, llorando en Pisagua y comiendo aceitunas en Azapa. Ambos con mucha reserva para no exaltar a la muchedumbre y pasar lo más desapercibido posible. Para ello, se presentaban como un turista español que le gustaban las canciones de Sabina, y Horacio como su guía turístico. Todo esto, por dos intensas semanas. Conociendo inhóspitos paisajes y sencillos personajes que sobreviven en esas rudas regiones marcadas por cerros multicolores, debido a los minerales que abundan en la zona. Las damiselas del camino caían rendidas ante esta pareja, un tanto libidinosa y seductora, revolucionando incluso los pequeños prostíbulos camineros, donde lograban la gratuidad tan solo con un par de canciones, y donde el alcohol regaba las extensas y agitadas noches de trova.

Al cabo de esas dos semanas, en una tibia mañana, el sol acaricia el rostro de Horacio luego de esa última noche de juerga; lentamente abre los ojos con la resaca a cuestas, tratando de hacer memoria. Sale de la habitación de la posada caminera en los alrededores de Huara y nota que afuera está Joaquín fumando un porro, contemplando los cerros que comienzan a iluminarse con los primeros rayos de sol de la mañana. Horacio se acerca con una botella de agua a saludar a su provisorio patrón y amigo de expedición. Este, sin desviar la mirada hacia los cerros, sonríe diciendo:

—Creo que es hora de partir, enciende la radio, querido Horacio.

El conductor, confundido, se acerca el vehículo y enciende la radio, donde comienzan las noticias acerca del mundo del espectáculo internacional. El remilgado locutor nortino destaca una noticia que llega desde España.

"... Hoy martes 28 de febrero de 2012, el afamado e irreverente cantante español Joaquín Sabina ha recibido el premio a la trayectoria de la Comunidad Autónoma de Andalucía, en la ciudad de Huelva; este manifestó estar muy contento de estar en ese lugar, contando, además, que se encuentra en medio de su gira promocional con Serrat por toda España y que, probablemente, el año que viene continuarán esa gira por varias ciudades de América del Sur. Luego, el cantante andaluz termina diciendo... 'Un saludo a todos los fans latinoamericanos, especialmente a

un chaval, mi amiguete Horacio, de Chile, más conocido como Manolo por los amigos...'".

Al escuchar esta noticia, Horacio siente un frío congelador en su espina dorsal; una voz profunda le habla mientras sonríe socarronamente:

—¡Buen viaje, chaval! —Desapareciendo por el árido desierto nortino y lanzando sonoras carcajadas.

Horacio comienza a orinarse dentro del vehículo sin entender que pasó. Tratando de ordenar las ideas, mira la hora; las siete de la mañana, el locutor de la emisora indica que las noticias del espectáculo internacional han concluido y que esperan que el cantante español llegue con su gira, ojalá hasta estas tierras nortinas.

Tembloroso y asustado, contempla el paisaje del fondo donde se divisa la figura del Gigante de Atacama, el reconocido geoglifo del cerro Unita. Luego de unos minutos, ya más calmado, se pregunta si fue su imaginación o si fue Sabina el que estuvo con él; o era acaso el mandinga, el mismísimo Satanás en persona, o ambos, que le habían dado una oportunidad de salir de su mediocridad.

Comprendió que su vida, luego de unas azarosas semanas de juerga incomprensible, había cambiado; pero no sabía cómo seguir, qué camino tomar. La desazón lo dejó entre las cuerdas.

Vagó un par de días por el desierto de Atacama, reflexionando sobre su experiencia y sobre su futuro; al llegar a Mamiña, bajándose para comprar víveres, descubre que el local de provisiones tiene un suave olor a flores y la paz se respira en cada rincón del viejo almacén; una joven dependienta con voz cantarina y rasgos aimaras le sonríe preguntando si desea algo más.

Horacio contemplándola, contesta negativamente; mientras en su interior sabe que su estadía en este pequeño poblado será más extensa de lo previsto...

Cuentan los blogueros turísticos, a través de las redes sociales, que una pareja —un chileno y una hermosa mujer aimara— se ha visto por Europa y últimamente en la enorme China, fotografiándose en cada monumento histórico, en cada maravilla de la arquitectura, de las creaciones artísticas, edificios emblemáticos y plazas del mundo; él con una mochila y una guitarra; y ella con una bella sonrisa, un aguayo en la espalda y un charango bajo el brazo. También se cuenta que Sabina les envía a ambos un saludo desde cada ciudad que visita dedicándoles su canción «Mi amigo Satán»...

Verano

"... Al andar se hace camino
y al volver la vista atrás se ve la senda
que nunca se ha de volver a pisar...".
Antonio Machado

Aquella agradable mañana de verano, el primer verano del tercer milenio, el padre de Eduardo entró a la pieza con su cigarro a medio consumir y despertando a su hijo le dice:

—Te busca una chica... ¿La hago pasar? —termina diciendo mientras le cierra un ojo.

—¡No, no, voy al tiro!

Eduardo estaba con toda la resaca de una agitada noche de sábado; la música de Jamiroquai, Oasis, Madonna y Los Tres aún retumbaba en su cabeza; era extraño que alguien viniera un domingo a las diez de la mañana. Comenzó a vestirse con la ropa pasada a trasnoche, pues no tenía nada más a la mano y, como la curiosidad lo mataba, se perfumó, se arregló el pelo y salió a ver quién era.

Cuando abrió la puerta, su padre le cerró nuevamente un ojo en un acto de complicidad. Una gran sorpresa fue para él ver a Vanessa, de quien no sabía nada desde ya tres meses; desde aquella vez que, en la plazoleta de la Villa Frei, luego de ayudarle a estudiar Matemáticas, le había robado un largo beso, al presionarla, en un acto de coquetería ineludible.

Sobre todo, sabiendo que ella tenía novio, un tipo mayor que ella, y que llevaban mucho tiempo juntos.

Lo cierto es que Eduardo pensaba que ella estaba enojada desde esa vez, pues la situación en ese suave y extenso beso había sido extraña; incluso se sentía un poco incómodo, ya que hoy no habría sido capaz de hacer esa simple acción.

Sin embargo, el sabor había quedado en su boca y recordarlo le producía un poco de ansiedad.

—Hola, Eduardo —dijo ella.

—¡Hola, Vanessa! Qué sorpresa…

—Sí —dijo ella—, vengo a despedirme…

—¿Por qué? ¿Adónde vas?

—Me voy al norte —dijo con la voz entrecortada.

Eduardo, notando su incomodidad, le propuso:

—¿Te parece si salimos?

—Sí, por favor —terminó diciendo ella.

Vanessa se despidió del padre de Eduardo, quien volvió a cerrarle un ojo a su hijo. Este frunció el ceño en señal de incomodidad, pues sabía que su padre era bastante irónico. Esto hacía incomodar al muchacho a pesar de la excelente relación de ambos desde que su madre se había ido con el gásfiter de la esquina.

Una vez en la calle, Vanessa prosigue:

—Disculpa que te venga a ver tan de improviso, pero la verdad es que necesitaba hablar con alguien de confianza…

Dicho esto, rompe a llorar mientras caminaban por la avenida llena de añosos árboles. Eduardo se extrañaba y estaba cada vez más sorprendido por la visita y por su reacción.

Pensaba que tal vez el famoso beso había sido un problema para ella. Por fin le pregunta:

—Pero… ¿Qué pasa, Vanessa? Cuéntame…

—Lo que pasa es que vengo saliendo de un aborto —le dijo mientras rodaba una lágrima por su mejilla.

—¿Pero cómo…?

—Lo que yo no te conté de Jorge es que él es casado. Hace un par de días fuimos donde una amiga de su madre que hace abortos en su casa y vengo saliendo. Me siento supermal…, pero no quiero aburrirte. La verdad es que vengo a despedirme de ti. Eres una de las pocas personas que ha sido amable conmigo últimamente.

En mi casa no me quieren ver, así que me voy a Antofagasta donde una tía.

Jorge me llevó a la fuerza, me amenazó con una pistola y me llevó donde esa vieja maldita. Pero creo que ha sido lo mejor. Pensé que su amor era sincero; estoy muy arrepentida de haberlo conocido, pero las mujeres somos tontas…

Caminaron largo rato por la avenida, donde ya se comenzaba a sentir el calor de una mañana de verano. Mientras ella hablaba sobre su futuro, Eduardo la miraba con ternura y con tristeza.

Al llegar al paradero le dice:

—¿Te puedo ayudar en algo?

—Solo dame un abrazo —replicó la acongojada Vanessa.

Eduardo la abrazó sintiéndose internamente avergonzado al pensar que su simple beso en la plaza la había complicado;

sin embargo, la cruda realidad era que venía saliendo de una verdadera tormenta.

Pero se guardó sus pensamientos por miedo a ser interrogado por ella y sentirse más ridículo aún.

Vanessa le agradeció el abrazo y se despidió con un pequeño beso en la boca en señal de amistad, situación que lo dejó atrapado sin saber qué más decir o hacer.

—Te escribiré, revisa tu correo de vez en cuando…

Luego de ese comentario, ella subió al bus que se había detenido en la esquina; Eduardo no pudo más que sonreír y desearle suerte con su mano extendida.

Pasaron los días, que se transformaron en meses y luego en años.

Ahora, cada vez que el taciturno Eduardo escucha a Serrat con los versos

musicalizados de Machado, recuerda este extraño capítulo en su vida, pues nunca recibió una señal de ella, nunca supo de su destino. ¿Terminaría bien o terminaría mal?

La vida les forjó caminos diferentes, que impidieron una amistad duradera y, quién sabe, quizás un buen amor pudo haber nacido entre ellos.

Bola de concreto
(Crónica de un país consumista)

Eran las tres de la tarde en Santiago de Chile, específicamente, en la comuna de Las Condes, cuando Casimiro Órdenes se acercaba desganado a cumplir con la tarea asignada por su capataz: fijar las bolas de concreto que adornarían la entrada al flamante centro comercial recién inaugurado. El polémico complejo con una edificación de setenta pisos, única en Latinoamérica.

El sol de la tarde golpeaba a Casimiro mientras advertía que una de las bolas poseía solo una barra de acero que la fijaría en la tierra y no tres barras como se acostumbraba. El albañil miró para ambos lados y notando que nadie lo observaba, pasó por alto este detalle pensando que el peso del concreto fijaría sin problemas la mentada bola. Una vez terminada su labor, se dirigió a su casillero, pues, siendo las seis de la tarde, ya era la hora de salida.

El tránsito crecía a medida que la hora avanzaba. A las seis y media, la vibración generada por el alto tráfico comenzó a soltar la bola deficiente y, sin que nadie lo notara, se desprendió hacia el centro de la calzada. En ese preciso instante, María Pía avanza rauda por la calle Andrés Bello hacia el oriente mientras habla por su teléfono celular de última generación. Habla nerviosamente, pues su hijo salía de clases antes de lo previsto; tan concentrada avanza que no se percata del asesino avance de la bola coja que impacta con ella, haciendo que la camioneta todoterreno se levante del piso y vuelque cruzando la línea continua para terminar chocando de frente contra un pequeño automóvil, un *city-car*. Un camión aljibe que circulaba desorientado a esa hora, por la concurrida avenida y cargado de combustible, intenta frenar para no colisionar con los dos vehículos accidentados; pero con tan mala suerte que finalmente vuelca, provocando el terror de todos los automóviles que se acercaban al punto de impacto.

El estruendo fue brutal; la gente que circulaba a pie no podía creer lo que sucedía; los guardias del centro comercial, presurosos, se dirigen al lugar para ayudar; pero, en solo segundos, el camión de combustible estalló por los aires, generando una tragedia de proporciones cataclísmicas. El fuego y las esquirlas alcanzaron al flamante edifico de setenta pisos, causando la quebrazón de vidrios y la propagación del fuego de manera absolutamente dantesca.

El edificio comenzó a incendiarse con una rapidez abrumadora; los pisos consumidos por el fuego se multiplicaban aceleradamente, mientras, la congestión vehicular impedía el paso y toda posibilidad de que los bomberos accedieran al lugar del accidente. El sistema contra incendios del edificio, por cierto, no estaba operativo, pues había problemas con el sistema de bombeo del salvador líquido, lo que provocó la desesperación de la muchedumbre que estaba dentro del recinto, y despavorida, arrancaba del complejo comercial generando más complicaciones a todo el trágico sector. Los periodistas de los canales de televisión llegaron a cubrir la noticia cruzando a pie desde el otro lado del río Mapocho, debido a la congestión de tránsito, que impedía cualquier movimiento; las sirenas sonaban a la distancia inútilmente, pues nadie podía avanzar.

En otro punto de la ciudad, Perico Mardones escuchaba la noticia mientras se preparaba para arengar a sus seguidores. Este era el día en que había decidido atacar el mismo edificio siniestrado, para protestar por el capitalismo imperante y generar, por fin, la caída de ese imperialismo criollo, que cada vez deshumanizaba más esta larga y angosta faja de tierra. Perico era el temerario fundador del Movimiento Emancipador Antimperialista Revolucionario, el M.E.A.R., creado luego de una profunda reflexión, producto de la cruel realidad familiar que nunca le permitió dedicarse a su pasión: la peluquería de alto nivel. Su padre se había suicidado, agobiado por las deudas con una tienda comercial, que le impedían trabajar, pues era el *top ten* de los endeudados en los registros de deudores nacionales, ante lo cual decidió finalmente quitarse la vida.

Perico tenía quince años cuando esto sucedió; su madre, ya fallecida, había sido atacada por su patrón frente a él, cuando solo tenía diez años. El abusador le había propinado fuertes golpes al muchacho cuando quiso defender a su madre. Y a ella le dio un certero golpe en la cabeza con la lámpara que estaba sobre el escritorio, donde el alcohólico patrón laboraba en sus trabajos contables.

Desde esa época, la vida de Perico había sido muy insignificante. Por ello, este momento crítico en la ciudad le hizo ver un camino más radical para lograr sus objetivos; decide cambiar los planes: ordena a sus seguidores atacar el palacio presidencial, aprovechando la dinámica del trágico accidente que copaba la agenda policial.

El certero golpe al palacio presidencial fue el inicio de una cruenta guerra civil que no trepidaba en flagelar a la desgastada ciudad capital y que, poco a poco, ganaba adeptos entre la chusma inconsciente y el lumpen. Se convertían con rapidez en montoneros, solo que en vez de caballos se desplazaban en vehículos todoterreno que habían proliferado monstruosamente en la ciudad capitalina. El caos se apoderaba de las comunas, esparciéndose el descontento por todo el territorio nacional.

El pusilánime presidente de la república solicitó asilo en la embajada de Francia, donde fue enviado con premura a una isla caribeña, administrada por el Gobierno galo. Fue recibido con entusiasmo, sobre todo por el enorme patrimonio que traía consigo. Suculentas cuentas bancarias y acciones de todo tipo que generarían altos impuestos para el Gobierno francés.

La guerra y el desgaste de lado y lado hicieron que los poderosos políticos de oposición y lo que quedaba del Gobierno buscaran la manera de llegar a una mediación. Habían descartado al Vaticano, pues estaban demasiado ocupados con tanta crisis de fe de sus legionarios, a los cuales, cada vez más, se les sumaban las denuncias de pedofilia en el globalizado siglo veintiuno.

Entonces, el ministro del interior recordó al oficialismo que la ex Miss Universo nacional Carla Barahona, que había sido secuestrada por Perico unos años antes, y que, luego que su exmarido pagara un millonario rescate, había decidido unirse al M.E.A.R. empatizando con Perico, quien se relajaba con el pelo de Carla armando complejos peinados de moda. Esta terapia finalmente terminó enamorándolos. Y, en su inspiración, la diva diseñó los trajes de las camaradas de armas en un coqueto camuflaje de vivos colores que encantaba a las nuevas amazonas.

Los señores políticos, recordando esta relación, deciden entonces contactarla a través de un primo en común entre ella y el ministro de Salud: el Loco Villela, quien deambulaba por la vida profitando de las donaciones que recibía la Fundación Divina y que sus padres administraban ordenadamente en una proporción dos a uno; dos para ellos y uno para la Fundación. El Loco Villela logró convencer a Carla para que traicionara a su pareja, entregándolo a la justicia, a cambio de la promesa de obtener el protagonismo en un *reality show* en el que ella sería la anfitriona de un castillo lleno de modelos argentinos, que se pelearían a muerte por su amor.

La diva, sacando cálculos económicos, se dio cuenta de que la oferta era un buen negocio; que le podría asegurar su futuro por varios años más, evitando así un gran sacrificio para llegar al quirófano y realizar las cinco operaciones de cirugía plástica que tanto anhelaba.

Luego de una agitada noche de amor con Perico como despedida, Carlita que, dentro de todo, estaba enamorada de ese extraño líder revolucionario, abrió la puerta de su cuarto entre lágrimas, pero sin vacilación, dejando entrar a las fuerzas especiales que redujeron al malogrado subversivo.

Después de un breve juicio, Perico fue condenado a prisión perpetua en la penitenciaria santiaguina. De esta forma, la cruenta lucha civil había sido neutralizada en todo el país, ya que nadie poseía el carisma de este extraño líder para arengar a las tropas, cual Arturo Prat del Tercer Milenio. Poco a poco, la euforia revolucionaria se apagaba como los recuerdos de un país sin memoria, sin historia; invadido por el mercadeo y las inmobiliarias que exterminaban los viejos barrios históricos de Santiago y de todo el territorio.

Nadie fue capaz de enarbolar las banderas de lucha nuevamente, pues no poseían el valor ni la destreza de este sacrificado revolucionario que fue traicionado por el gran amor de su vida.

Cinco años después...

Una noche de verano, Perico trepó la alambrada, escapando gracias al rescate de Ryan; un irlandés loco que, dentro de sus obsesiones, se había convertido en mormón. El rescatista, ayudado por el guatón Fonseca, un viejo camarada revolucionario, había robado un helicóptero policial para rescatar al líder de su encierro. El guatón disparaba a diestra y siniestra con una subametralladora, arrebatada minutos antes al piloto del helicóptero de Carabineros. Estos dos atrevidos milicianos eran los grandes ejecutores de una hazaña nunca vista en el mundo penitenciario.

Bajan un canasto de mimbre reforzado, fabricado en el pueblo artesanal de Chimbarongo por un tío del guatón Fonseca, quien por una garrafa de vino pipeño había puesto todo su esfuerzo en hacer un trabajo de primera calidad con el canasto. No en vano era el más reconocido artesano de la zona.

Perico salta hasta la cesta, siendo elevado por los aires y desapareciendo rumbo a los bosques en que el filántropo Douglas Tompkins, hacía ya tiempo y antes de su muerte, prácticamente había dividido la nación, por razones ecológicas; cuestión que a muchos no agradaba, sobre todo porque eso impedía completar el camino que daría conectividad a la empobrecida comunidad de Aysén, pero que, sin embargo, aseguraba la protección de una gran riqueza natural.

Ese día, los guardias de la cárcel demoraron su reacción porque Silvio Rodríguez y el grupo Irakere entretenían al resto de los prisioneros. Este grupo de músicos cubanos vivían exiliados en Chile, luego de que Bush III derrotara al Gobierno isleño, el día que murieron los dos hermanos Castro y sus herederos políticos fueron vencidos por los *marines*; transformando la isla nuevamente en el sueño americano; convirtiendo La Habana en una ciudad llena de casinos de juego al estilo de Las Vegas, donde las mujeres adineradas buscan excitantes *latin lovers* mientras sus maridos pululan por los innumerables casinos con deliciosas y jóvenes asistentes que los miman por unos pocos billetes verdes.

Estos casinos gerenciados por texanos adinerados diversificaban sus negocios con la finalidad de pagar menos impuestos o definitivamente eludirlos, tema que el nuevo Gobierno cubano, por cierto, no le interesaba en tanto que esos prósperos negocios colaboraran en aumentar sus fortunas personales.

Cuando se filtró la noticia del extraordinario escape, todos temían por el desenlace de los acontecimientos; pues era posible que se reanudara la guerra civil con más fuerza que antes. Pero el nuevo Gobierno lo encabezaba Carla Barahona, quien, luego de probar las bondades del placer trasandino de todos los protagonistas de su *reality show*, encontró en el pueblo dormido un apoyo tan incondicional que había sido elegida presidenta de la república.

Gracias a ese apoyo y luego de varias negociaciones con izquierdas y derechas, sentadas en los finísimos sillones del arzobispado, la flamante presidenta logró, mediante un plebiscito popular, anular las condenas y sentencias de todos los revolucionarios; entregando, además, a Perico, una beca para estudiar peluquería en Miami, donde, por fin, encontró la armonía y la paz que su alma requería.

Hecho esto, la calma volvió y la chusma inconsciente volvió a su rutina diaria de descontrolados consumos y créditos.

Un año después...

Una soleada tarde de verano, dos días antes de la Tecno-Fiesta de Inauguración del nuevo complejo comercial, construido en el mismo lugar por los porfiados dueños del anterior, se preparaban los últimos detalles de la ceremonia, donde se realizaría un glamoroso desfile de modas, para celebrar la culminación de una nueva torre con aires de monumento fálico, que esperaba ser la catedral del nuevo consumismo imperante en la ciudad. En sus noventa y ocho pisos, las grandes cadenas comerciales elaboraban sus propias leyes, amparados en el Gobierno de Carlita, quien interrumpía sus funciones muy a menudo para acudir al quirófano y así competir encarnizadamente con el récord de la expresidenta argentina, para sacarse unos kilos de más, arreglarse el busto o mejorar sus párpados caídos y recuperar esa juventud y lozanía que se alejaba con rapidez galopante de su vida.

A esa misma hora y *ad portas* de la megafiesta, Valeriano, un disidente de la revolución cubana que había llegado a Chile desde Miami en balsa para poder encontrar un mejor futuro, se preparaba para arengar a sus clandestinos seguidores.

Valeriano se vino a Chile porque, en aquella tropical ciudad norteamericana, nadie tenía interés en ayudar a los cubanos ahora que la revolución había caído. Por ello, había escapado de Estados Unidos y sus impuestos, ya que, por culpa de un chileno, había quedado fuera de la última beca estilista para latinos en el popular y farandulero Instituto Estatal de Estilismo Americano.

Valeriano planificaba maquiavélicamente y gracias a su formación anticastrista, realizada en los campos de entrenamiento de Panamá, provocar un atentado junto con todos sus secuaces; grupo compuesto por antiguos camaradas del olvidado régimen dictatorial chileno, excuras acusados de aberraciones anticlericales y cantantes románticos venidos a menos, que habían sido reemplazados en el mundo del espectáculo por jóvenes y faranduleros aficionados a las redes sociales y a las drogas sintéticas.

Mientras tanto, en el nuevo complejo comercial, a Nicasio Salvatierra, un obrero de la comuna de La Pintana que gustaba de inhalar desodorantes ambientales, se le encomendó la misión de fijar las bolas de concreto del complejo anterior, piezas únicas que se lograron conservar y que se guardaban celosamente en una bodega contigua. Estas curiosas bolas de concreto se presentarían como un ícono de la esperanza, el amor y la paz.

El sol de la tarde golpeaba a Nicasio mientras advertía que una de las bolas poseía solo una barra de acero que la fijaría en la tierra. Aún embobado con sus aromas ambientales, el albañil miró para ambos lados y, notando que nadie lo observaba, pasó por alto este detalle, pensando que el peso del concreto, a su juicio, fijaría sin problemas la mentada bola.

Una vez terminada su labor, se dirigió a su casillero, pues siendo las seis de la tarde, ya era la hora de salida.

El tránsito crecía a medida que la hora avanzaba. A las seis y media, la vibración generada por el alto tráfico comenzó a soltar la bola deficiente y, sin que nadie lo notara, se desprendió hacia el centro de la calzada y...

El Cachorro
(Tres hitos vivenciales)

1

Corría el año 1930 y Víctor, más conocido como el Cachorro, por sus ojos claros y su mirada tan parecida a un tigre pequeño, a sus siete años, deambulaba por el cerro en el que vivía en cuyas faldas se encontraba la caleta Higuerillas. Persiguiendo gaviotas, intentaba siempre volar como ellas; avanzaba raudo por el camino costero corriendo tras sus plumíferas amigas, que se hacían cómplices de su frenética carrera. Finalmente, extenuado, bajaba a la playa las Bahamas refrescando su cuerpecillo delgado. Todos pensaban que el pequeño mozalbete estaba un poco mal de la cabeza, pues se veía obsesionado con la idea de volar.

Su casa era un lugar muy humilde, donde su madre horneaba el pan y a quien Víctor acompañaba todos los días a buscar agua donde la señora Peta, que poseía un pozo que surtía a los pocos habitantes de ese aún deshabitado cerro. Tres o cuatro casas era todo lo que había; no tenían luz eléctrica ni alcantarillado.

Este día era especial porque su hermano Jorge había cumplido trece años. Ya estaba bueno para el trabajo, por lo que su padre, pescador artesanal, lo llevó por primera vez a la mar para enseñarle todos los secretos de este, el respeto, la rapidez del pensamiento para resolver las urgencias y la devoción a San Pedro, protector de los pescadores.

Los cuatro se sentaron a la mesa para tomar el desayuno y celebrar el primer día de trabajo de Jorge, en el cual habían conseguido suficiente cantidad de merluzas, por lo tanto, suficiente dinero como para ir a visitar a los abuelos a Quillota el domingo a primera hora.

De esta manera, transcurrieron los años para Cachorro, llegando a la conclusión de que la pesca no era lo suyo y, a pesar del descontento de sus padres, se dedicó a la mampostería; construyó casas con muros de piedra con un viejo maestro que le enseñó todas las técnicas necesarias para manipular las enormes rocas que todos los años se acumulaban en la playa de su infancia, las Bahamas...

2

En el invierno de 1950, como todos los años, se efectuaba en Concón la fiesta más esperada de la localidad costera: La Fiesta de San Pedro, ocasión en que toda la comunidad se vuelca a celebrar al patrono de los pescadores, con bailes religiosos de los alrededores, donde se destacan especialmente los bailes chinos, cofradías que repiten su ritmo, liderados por un cacique, quien canta al patrono agradeciéndole la buena pesca y pidiendo protección para todos los participantes. Mientras esto sucedía en la costa, Cachorro viaja en tren rumbo al norte y se detiene en la estación Illapel. El joven Víctor se bajó con su morral a cuestas y su ropa raída, pero prolijamente lavada por su madre, para dirigirse al camino de tierra que lo llevaría a su destino final, Salamanca. Allí tenía encargado un trabajo gracias a la gestión de su tío Aníbal Lillo, quien era conocido del juez Alberto Zamora, autoridad de esa comuna. La Municipalidad había decidido renovar la fachada del edificio consistorial, utilizando mampostería de piedra, oficio en el que Víctor ya se había especializado, por lo que obtuvo cierto renombre en la zona, tema que su tío aprovechó recomendando a su sobrino para tan especial trabajo.

La intención de Víctor ese día había sido tomar la ruta desde Concón pasando por Los Vilos y llegar a estación Choapa, para hacer transbordo y finalmente bajar en la estación de Salamanca. Pero la huelga de los sindicatos ferroviarios hizo imposible tomar ese recorrido, por lo que debió llegar más al norte para luego bajar a su destino. El sol del mediodía hacía transpirar a Cachorro, quien con su sombrero alón intentaba aplacar los rayos solares que surcaban su piel, haciendo, de vez en cuando, paradas en zonas de escasos arbustos.

A mitad de camino, una carreta que venía en sentido contrario pasó tan rápido que lo dejó enteramente empolvado, de pies a cabeza; llevaban una parturienta hasta la casa del doctor Menares, quien se encontraba descansando en su morada de veraneo en los alrededores de la costa de Los Vilos.

«¡Por la cresta, la mala cueva! Con esta pinta quizás no me den el trabajo», dijo Cachorro al verse todo empolvado. No le quedó más remedio que seguir, pues la hora avanzaba y era pertinente llegar pronto a destino, antes que el juez saliera de la Municipalidad.

Por fin llegaba a la ciudad, donde los lugareños que descansaban en la Plaza de Armas lo miraban extrañados, mientras, otros reían al verlo tan lleno de tierra. El jovenzuelo, impertérrito, caminaba mirando al horizonte con las cejas y pestañas llenas de polvo; sin embargo, no pudo dejar de notar que, en el balcón de la casa esquina de la calle principal por la cual avanzaba, había una joven damisela, que movía su abanico para espantar el calor sofocante y que, al verlo, esbozó una sonrisa ante tan tremenda carga de tierra y sudor que arrastraba ese pililo caminante. Víctor, con vergüenza, pero embelesado por la mirada de tan hermosa mujer, sonrió mostrando sus blancos dientes y la saludó con el sombrero en la mano, mostrando sus claros ojos azules entremedio de tanto polvo.

Ella se ruborizó mientras sus primas la molestaban y se reían a costa del entierrado caminante. Sin embargo, Violeta, la dama ruborizada, sintió cierta inquietud frente a la actitud galante del muchachón, que siguió su camino hasta llegar a la posada de la esquina siguiente.

Inquietud que fue apaciguada solo con la entusiasta boda en que ambos se juraron amor eterno dos años después, convirtiéndose ella en la Cachorra y formando así una extensa familia. Once hijos salieron de ese matrimonio; once hijos que fueron creciendo con toda la complicación que se vive en un país precario; reciclando ropas hasta que las roturas no permitieran seguir usándolas, cocinando con esmero e inventando platos que dieran alimentación a tantas bocas. A pesar de ello, la vida familiar no era tan caótica, pues la entretención infantil estaba resuelta. Un carrete de hilo, unos cuantos cartones eran suficientes para generar creativos juegos en que la imaginación inundaba el espacio de los niños.

La brisa marina y el horizonte costero hacían más apacible la vida de esta familia asentada en el mismo cerro que vio nacer a Cachorro...

3

Aquel verano de 1980 en Viña del Mar, siendo las siete de la mañana, Víctor el Cachorro y su amigo el Cachifofa, junto al loco Roberto y Wilfredo el profesor, los obedientes yernos de Cachorro, se subieron como pudieron al modesto Fiat 600 mientras Víctor le prometía dinero para el próximo martes al dueño del restaurante.

El Chancho Veas, apodo del dueño y exjugador del Club Deportivo Caleta Huracán, quien acostumbraba a relatar cuán orgulloso se sentía de haber jugado contra la selección de Brasil en 1962, solo sonríe con el espectáculo etílico de los cuatro embriagados parroquianos que dejaban su local como tantas veces.

El Cachifofa se sentó en el asiento del copiloto, comenzando a dormirse; mientras, Cachorro, con enorme esfuerzo, logra introducir la llave en la chapa para encender el motor del vehículo. Hecho esto, comienza a acelerar y a tirar del chupete ahogador que permite la entrada de más gasolina para apurar el calentamiento del motor, mientras, sus ebrios yernos cantaban la popular canción "Una noche de debut y despedida" que Los Ángeles Negros tan acertadamente cantaran a fines de los años sesenta.

De pronto, el acelerador pasa en banda, ante lo cual Cachorro se toma la cabeza con las manos diciendo:

—¡Chucha, se cortó esta huevá!

Mientras los yernos corean:

—¡Una noche de debut y despedida! Que este huevón maneje, que se suba atrás y tire la piola... —vociferan ambos sonrientes y con traposa voz.

El Cachifofa los mira diciendo:

—¿Están más huevones? hace más frío que la cresta...

—¡Mala cueva! —dice Cachorro; si no te van a sacar la cresta en la casa por no llegar. ¡Vos sabés que la rucia te saca la cresta!

—¡Ya! Está bien, abramos la mierda de tapa; yo tiro la piola y usted pasa los cambios.

Y así fue como el pobre Cachifofa se encaramó en el pequeño espacio del motor del Fiat 600, tirando la piola del acelerador y soltándola cada vez que Cachorro le gritaba:

—¡Cambio!

Mientras los yernos se reían a carcajadas con tan inusual sistema de movilización.

De pronto, Wilfredo, quien se había sentado adelante, se espanta con las maromas que hace su suegro zigzagueando por la avenida.

—¡Pero, suegro, mire pa adelante po, iñor!

—Puta, que huevea, iñor —dice Cachorro—. ¡Entonces, maneje usted por la cresta! —Los ojos de Wilfredo se abren desorbitadamente cuando, dicho esto, el encolerizado suegro desprende el volante e intenta pasárselo a su asustado yerno. Acto seguido, el minúsculo vehículo sin control termina enterrado en las dunas de arena de Concón, provocando la risa de los tres al darse cuenta de que el Cachifofa, pasa volando por los aires y cae de bruces en la arena. Roberto suelta una risotada cada vez más descontrolada para terminar cantando nuevamente la mítica canción de los Ángeles Negros. Para suerte de todos los alcoholizados jaraneros, el sueño se apoderó de sus cuerpos.

Luego de un par de horas, Carabineros apareció en escena; el cabo Mardones palmoteó en la cara a los tres durmientes mientras los otros dos policías levantaban al arenoso Cachifofa.

—¿No saben las mierdas que no se debe manejar con trago? —vociferaba el cabo a los cuatro amiguetes.

—Más respeto, huevón —le dice el Cachifofa.

El cabo Mardones lo mira rojo de ira diciendo:

—¿Qué dijiste, conchetumadre?

—Dije: ¡Más respeto, mierda, con tu superior! —contesta el Cachifofa sacando del vehículo su gorra y su chaqueta de sargento. Y, tomando su pistola, dispara al aire un par de tiros. Los atolondrados policías solo atinan a cuadrarse al reconocer al sargento Vallejos de la Primera Comisaría de Valparaíso.

—Pero, mi sargento, usted sabe que está prohibido manejar ebrio.

—¡Ya, ya, basta huevones! Nos llevan de inmediato a la casa escoltados, si no quieren ser sumariados.

El cabo Mardones calló y en forma obediente ordenó a los dos policías seguir las instrucciones. Lo cierto era que el Cachifofa había ayudado a su hermano a entrar a la institución policial, a pesar de la mala conducta que este poseía. Y por ello estaba muy agradecido, ya que su hermano había sentado cabeza cambiando de raíz su comportamiento.

Finalmente, luego de remolcar el pequeño automóvil hasta el taller de don Reynaldo, viejo amigo de Cachorro y que acostumbraba a parchar al noble vehículo italiano, tan abollado, producto de tantas juergas nocturnas, dejaron a Víctor y sus yernos en la casa patriarcal, donde estaban las tres hijas mayores de Cachorro con su madre cocinando, los tres siguientes jugando a la lotería, mientras que los cinco hijos menores veían televisión. El vecino, don Ángel, al verlos llegar, sonreía mientras se tomaba su habitual pisco sour de aperitivo y contemplaba el horizonte marino en espera del almuerzo.

En casa de Cachorro, prácticamente, nadie estaba muy interesado en ellos, pues era habitual que los tres salieran de parranda. Los tres embriagados aventureros soltaron un par de risotadas más, culminando el día sentados en la terraza, mirando el mar, para quedarse en poco tiempo totalmente dormidos.

El Cachifofa llegó a su casa donde, por cierto, su rango no le sirvió de mucho; su mujer lo recibió con un bofetón que hizo despertar a los gatos de la casa, enviando al sargento derecho a la pieza a dormir el resto de la curadera. Los policías se retiraron del lugar tímidamente, sin decir una palabra hasta llegar a la patrulla, donde luego de cerrar las puertas, comienzan a reír hasta las lágrimas.

Estas correrías se repitieron cada cierto tiempo, aunque los yernos poco a poco comenzaron a distanciarse de tanta juerga, ya que los hijos crecían y el dinero escaseaba. También las jornadas laborales empezaban a ser más estrictas, porque las crisis económicas dejaban un número considerable de gente dispuesta a trabajar más por menos dinero; por lo tanto, la competencia era más dura por un puesto de trabajo.

Así, Víctor el Cachorro, comenzó a parrandear solo con sus viejos amigos; acostumbraba a contratar un chofer para que la fiesta fuera sin restricciones, sin embargo, no faltó la ocasión en que, no habiendo amiguetes disponibles, Luchito Pérez, su habitual conductor terminaba más borracho que su ocasional patrón. Este bohemio ir y venir, solía ser comentado por los parroquianos en los diferentes locales que frecuentaba, donde Cachorro siempre tenía crédito, pues, como constructor independiente, su trabajo era tan valorado que su clientela siempre lo buscaba; y, a pesar del despilfarro, lograba una cierta calma económica en el hogar, cuestión que no impedía, por sus recurrentes salidas, que cada día fuera más criticado en el seno familiar, por sus hijas mayores.

Una mañana, Cachorro llegó silbando una suave melodía mientras cerraba el Fiat que cada vez perdía más su color amarillo, como acostumbraba a hacer cuando llegaba tarde. Solo que esta vez habían sido dos noches. Su mujer lo siente llegar y mientras lavaba los platos en la cocina este le dice:

—¿Hay alguna huevaita para comer?

La Cachorra respira hondo, suelta el plato que tenía en las manos provocando un estruendo que dejó tieso a Cachorro y, sacándose un zapato, comenzó a perseguir al enfiestado, quien corrió a refugiarse en su abnegado Fiat 600, con tan mala suerte que se le caen las llaves en el piso. Rápidamente, intenta subir la ventanilla lateral, pero la piola de la manilla se atora, como siempre, dejando tiempo suficiente para que su iracunda pareja le atine unos cuantos golpes en la cabeza, rompiendo el taco del zapato, para regresar triunfante al dulce hogar.

Ya más calmada, pero aún enojada, Violeta la Cachorra le lanzó un plato de arroz en la mesa, el cual Víctor, con la cola entre las piernas, se sirvió sin decir ni media palabra.

Cachorro odiaba el arroz; pero asumía su castigo con extremada humildad por dos razones:

Por el escandaloso quilombo que le tomó dos días en volver y porque no sabía freír ni un miserable huevo.

Desde ese momento, y con casi setenta años, decidió retirarse de las pistas bohemias y vender el sacrificado Fiat 600. Don Reynaldo, aficionado a las carreras de autos, lo compró para competir en él, otorgándole un poco de orgullo el diminuto automóvil.

Víctor, entonces, comenzó a dedicarse a los nietos y a uno que otro trabajillo, como cortar árboles con su motosierra, juntar leña para el invierno o construir algún muro de piedra en las innumerables casas de veraneo de Concón.

Muchas historias se contaban de Víctor y su Fiat 600, transformándose en una leyenda entre los lugareños; aunque siempre la paliza final era la historia más contada, generando, en los barrios costeros, aventajadas cónyuges que hicieron de esta acción un clásico de las victorias hogareñas femeninas.

¡Vamos, Chile!

El avión giraba preparando su aterrizaje en el aeropuerto de Calama. Por la ventanilla se divisa la grandeza del desierto con sus grietas áridas y sus cerros minerales reposando al sol de esa mañana soleada. Ya en tierra, se percibe el viento rudo azotando los rostros de los muchos trabajadores que llegaban a sus labores, mezclados con los ansiosos turistas europeos cargados de bolsos, cámaras y mochilas.

En la puerta de entrada, veo mi nombre en el letrero que sostiene el chofer que me llevará a mi destino; se llama Fermín Condori Quispe; poseía todos los rasgos típicos del hombre altiplánico: moreno, pómulos pronunciados, ojos amables, sonrisa honesta. Me instalo en la camioneta y comienzo a conversar para hacer más corto el viaje, enterándome de su vida, mientras disfrutamos de la música andina, al ritmo de sikuris y morenadas.

Oriundo de un pueblo boliviano enclavado en la región de Potosí llamado San Cristóbal, se encarga de trasladar trabajadores a las instalaciones mineras cercanas a su pueblo y, cuando hay demanda, a los turistas que llegan a conocer el Salar de Uyuni, el más grande y hermoso del altiplano.

Posee dos casas: una en su pueblo natal, donde cultiva quinua y cría llamas afanosamente. La otra en Calama, donde pasa más tiempo, pues su esposa chilena le prepara sus platillos preferidos.

Graciela es su nombre, una exprostituta nacida en Alto Hospicio, en la parte alta de Iquique. Hoy, luego de retirarse de la agitada vida alegre de la ciudad, pasa los días cuidando a su hombre, aunque el acoso del pastor evangélico de la iglesia que frecuentaba interrumpía su vida nerviosamente.

Fermín me contaba con paciencia infinita que el pastorcillo era un exagente de la CNI, la policía secreta de Pinochet, quien buscando alejar los fantasmas de los crueles acontecimientos en los que se vio envuelto durante la dictadura militar, se entusiasmaba con el pasado de Graciela. Olvidando su labor religiosa, trataba por todos los medios de conquistarla cuando Fermín estaba de viaje. Pero ella no se dejaba amilanar por este hombre de oscuro pasado, ya que el amor que sentía por el chofer turístico era muy intenso.

Este le compraba flores cada vez que regresaba de sus labores, la colmaba de regalos, aguayos, perfumes y hermosos vestidos traídos del mercado de Uyuni. Por ello, el pastor no tenía chance de entrometerse en esa relación, a pesar de los esfuerzos mundanos que hacía en los tormentosos momentos de soledad de la mujer enamorada.

Cruzamos la frontera pasando por Estación Abaroa; el frío altiplánico invita a un café mientras la guardia boliviana revisa nuestros papeles. Ya hemos pasado el control chileno donde nos miraron con desconfianza, como suele suceder en estos puestos.

Afuera, el tren que lleva a los turistas hacia Oruro hace su primera parada para empadronarse en la desolada oficina gubernamental. El pitazo de la locomotora que trabaja afanosamente, ordenando los carros cargados de mineral que se dirigen al puerto, llama la atención de un grupo de turistas alemanas que se esmeran en sacar fotos con sus gigantescas cámaras y posando en medio de la ventolera que crece cada vez más.

En ese momento Fermín, con su amplia sonrisa, me indica que prosigamos nuestro viaje antes que la lluvia nos dificulte el trayecto.

Cruzamos el camino altiplánico con rapidez contemplando las formaciones rocosas, las vicuñas y las llamas que se desplazaban por los campos.

Nuestro largo viaje culmina con la llegada al Salar de Uyuni, ese tremendo lago de sal que se encuentra en el departamento de Potosí. La maestría de mi chofer sigue la invisible huella del camino, de un bello camino en que el cielo se confunde con el reflejo en el agua que se acumula en algunos sectores. Nos detenemos un minuto en la isla Incahuasi, situado al centro del salar, para contemplar la belleza del entorno; compramos algo de comer mientras recorremos la isla para admirar la gran cantidad de cactus que posee.

Finalmente, nos dirigimos hacia el Hotel de Sal, que será mi destino final. En él se encuentra Lidia, mi amor fugaz del verano en las costas de Perú. Vengo por ella y por nuestro pequeño hijo de tres meses. La noticia de su nacimiento la recibí hace un par de semanas, gracias a una amiga en común que la visitó el mes anterior. Lidia no quería darme esa noticia, pues lo nuestro fue una aventura estival sin mayores pretensiones.

Aunque lo cierto es que yo muero por ella. Y la noticia entregada por Débora, nuestra amiga, no hizo más que gatillar mis ocultos sentimientos. Por eso estoy aquí, para iniciar con ella una nueva vida. Espero convencerla. Aunque vengo medianamente informado.

Débora me indicó que, al hablar con ella sobre mí, una lágrima rodó por su mejilla.

Mi destino estará en sus manos, su decisión será mandatoria. ¿Vivir en Bolivia o en Chile? Da lo mismo. Si Fermín Condori puede vivir en Chile con una chilena, ¿por qué no puede una boliviana vivir con un chileno? El amor no tiene fronteras.

Me despido con un abrazo de mi amable chofer, quien me desea la mayor de las suertes y me deja su número telefónico en caso de necesitarlo.

¡Vamos, Chile!

Adiós, amor

Alessandra comenzaba su día tempranamente en su nuevo departamento, que compartía con su novio en el centro de Santiago. Hacía ya seis meses que había roto con su anterior pareja; sin embargo, la decisión no había sido fácil. Pues Franco, su primer novio, había intentado infructuosamente recuperarla.

Pero Alessandra ya tenía definida su vida. Relucía como una flor en primavera ante las posibilidades de una historia diferente. Al llegar a su puesto de trabajo, enorme fue su sorpresa cuando encendió su computador para revisar sus correos.

Su antiguo novio le hacía llegar un *mail*. Había bloqueado su celular debido a la insistencia de este y sus reiterados mensajes.

Descolocada, comienza a pensar que la situación se tornaba patética; pensó en los miles de casos de femicidios y escalofríos recorrieron su cuerpo. Sabía que Franco era impulsivo, pero temía no conocerlo lo suficiente; comenzaba a sentir temor de aquel hombre que otrora fuera su compañero.

Temblorosa, abre el correo y comienza a leer:

Como una hoja que cumple su ciclo,
termina el amor que he profesado,

como esos pequeños y suaves pétalos
que inexorablemente y en silencio
caen sobre la mesa.

Mis pensamientos se marchitan,
una parte de mí está sangrando y se seca
como un capullo abandonado por una mariposa.

Mi amor está destinado a convertirse en polvo,
a volar por el aire con una suave brisa de otoño.
Ese ingrato amor, ese loco amor de verano,
de largos veranos, que me hizo aventurar
en los siete mares de las pasiones más intensas,
fuertes y delicadas.
Un amor que me hizo llegar fulminante al cielo
en una expresión de éxtasis intenso y maravilloso.

Nunca olvidaré esas sensaciones
marcadas a fuego en mi pecho,
dejando una cicatriz que rozaré
con la yema de mis dedos
cada vez que la nostalgia me acompañe
en aquellos momentos de reflexión íntima
frente a la luna llena.

Quemé mis barcos sin siquiera saber el desenlace,
no me interesaba nada más.
Cuando se toca el cielo,
el corazón explota en mil colores de alegría,

dando paso a la danza de los amantes,
formando una trenza colmada de parabienes.

Solo ese recuerdo me permitirá sobrevivir
el retiro a los cuarteles de invierno.
Nadie dijo que sería eterno,
nadie dijo la fecha de término.
El azar hace su trabajo,
el destino se va tejiendo a cada paso.
Dentro de este corazón adolorido,
quedará siempre un lugar sagrado
y bajo siete llaves guardará todos esos secretos
del alma enamorada.

Adiós, amor,
me quedo con mi música de películas
recordando cada gran momento.
Lloraré en silencio,
buscaré una madriguera donde lamer mis heridas,
donde reflexionar el porqué,
los errores y los aciertos,
para dar paso a una nueva y necesaria mutación.

Suerte… Adiós, amor.

Mientras Alessandra terminaba de leer el sentido correo entre lágrimas, Franco Arenas se convertía en el primer médico chileno que servía en las fuerzas de paz en el Líbano.

Ella pensó en salir corriendo en su búsqueda, pero no tuvo el valor. Sintió este correo como una estocada que la hizo tambalear, dudar sobre el camino trazado. Se enfureció consigo misma, por pensar en la molestia que le causaba la insistencia de su exnovio. Sin embargo, comprendió que el ciclo había terminado, que sus temores no eran reales y que el tiro de gracia a las emociones había sido ejecutado por su antiguo compañero.

La generala

María Elena García estaba sentada al centro de la primera corrida de asientos en la ceremonia de cambio de mando de la institución uniformada. Por primera vez, una mujer se haría cargo de esta y ella era la elegida para tan innovador acontecimiento en Carabineros de Chile.

Le decían la generala, aunque el debate en los medios transcurría entre decirle la general o la generala. Grandes disputas filosóficas, que no impedían a la gente común decirle simplemente la generala.

El ahora exdirector, Javier Barros, subió al podio para dirigirse a la multitud reunida en el patio de la escuela formadora de oficiales, donde se contaban autoridades del Gobierno, familiares, cadetes, amigos y muchos periodistas; pues el acto era comparable al hecho de haber tenido a la primera presidenta del país, quien ciertamente se encontraba entre las principales personalidades invitadas.

"Señora presidenta, señor ministro de Defensa, señores ministros, señores senadores y diputados de la república, ca, señor arzobispo, señores alcaldes, señores generales,

alumnas y alumnos, señoras y señores. Es para mí un gran honor dirigirme a ustedes...".

María Elena comenzó, poco a poco, a sentir que la voz de su amigo y compañero de armas se alejaba mientras los recuerdos de sus inicios comenzaban a llegar rápidamente a su cabeza.

El 5 de octubre de 1988, día del plebiscito nacional, comenzaba su primera jornada de labores en la calle; había sido asignada al estadio Santiago Bueras de Maipú. Se había inclinado por participar en las fuerzas motorizadas; recorría las calles alrededor del estadio con su metralleta cruzada, cerciorándose de que todo estuviera en orden.

Eran las cinco de la mañana y reinaba una tensa calma en la ciudad y el país entero, pues se decidía el futuro de este en manos de los militares o se delegaba el poder a los civiles, quienes temerosamente, pero con decisión avanzaban a pasos agigantados en la organización necesaria para lograr controlar el país. Contaban con el apoyo mayoritario de la ciudadanía, cosa que debía verse reflejada en las urnas ese día.

La campaña había sido dura y clandestina muchas veces; la policía militar, que funcionaba bajo el nombre de Central Nacional de Inteligencia, más conocida como CNI, recorría las calles en la noche, amenazando o «neutralizando» manifestaciones o actos publicitarios tales como el rayado de calles o el pegar afiches por la ciudad.

La CNI tenía ya su negra fama muy arraigada en el resentimiento popular por su inhumanidad, incluso entre las mismas instituciones armadas. Los carabineros eran los más expuestos a este enfrentamiento, pues innumerables veces se vieron en la necesidad de arrebatarles prisioneros, para acabar con las desapariciones o los torturados. También muchos oficiales sabían que ellos debían seguir con el gobierno de los civiles si el resultado era adverso al régimen militar.

En este ambiente que recordaba María Elena, se había tejido la historia del retorno a la democracia en Chile, mundo del cual ella sería parte casi en contraposición al espíritu marcial impuesto en la escuela, que mostraba una realidad un tanto adversa a las manifestaciones de un pueblo que despertaba de su letargo político.

El día fue largo y apacible, pero a medida que la hora avanzaba los acontecimientos comenzaban a tomar un cariz diferente, extraño.

Los locales de votación empezaban a mostrar que los resultados serían adversos a los anhelos de la milicia; es decir, permanecer en el Gobierno con el dictador a la cabeza. El enrarecido ambiente se cargaba de expresiones ciudadanas, manifestando su alegría con los resultados; pero los medios mostraban una inquieta curiosidad, ya que la información oficial mostraba todo lo contrario a la sensación de la calle y a los reales resultados de la oposición al régimen.

Los comandos opositores se reunían comparando nerviosamente las cifras mientras buscaban comunicarse con el comando central en busca de aclaración respecto de los acontecimientos.

Mientras eso sucedía, la subteniente María Elena recibía instrucciones de acercarse al puesto de guardia del establecimiento de votación, notando que sus compañeros se movilizaban inquietos y con rapidez en los vehículos policiales.

El capitán a cargo, muy pálido, se preparaba para indicar al contingente a su mando que en cualquier momento podía recibir órdenes de reprimir las manifestaciones o de acuartelarse indefinidamente. Fue en ese momento que una llamada del cuartel general le indicaba que el comandante en jefe de la Fuerza Aérea declaraba ganador a la oposición, logrando con ello abrir una válvula de alivio, que liberó la tensión de un posible autogolpe militar, debido al resultado adverso para la milicia gobernante.

Luego de esto, el capitán dio instrucciones de vigilar con moderación las manifestaciones populares, que crecían cada vez más por las calles de Maipú, de toda la ciudad de Santiago y del país entero; manifestaciones que continuaron al día siguiente, donde la subteniente García, ya sin metralleta y solo con su arma de servicio, fue asignada al centro de la ciudad, en los alrededores del palacio presidencial. Las marchas se agolpaban con nerviosismo en las calles celebrando el triunfo. María Elena, pudo identificar a su hermano menor dentro de una turba que danzaba en el bandejón central de la Alameda, principal arteria de la ciudad.

—¡Juan! ¡Juan! ¿Qué haces aquí? —le gritaba en medio de la algarabía ciudadana.

—Me escapé del trabajo un rato, con permiso de mi jefe —le responde este mientras se acerca danzando hacia ella. Su amigo Alejandro, diseñador gráfico igual que su hermano, sonríe acercándose a ellos seguido por el alegre grupo, rodeando a María Elena y Juan, quien era totalmente adverso al régimen militar. Toma a su hermana de la mano, quien se ve obligada a danzar con ellos; ella esboza una sonrisa mientras las cámaras de televisión locales e internacionales captaban este momento, demostrándole al mundo que la alegría y la paz parecían volver al atribulado país.

María Elena dejó los recuerdos cuando los invitados al acto aplaudieron, quebrando así el aletargamiento que estos eventos suelen producir.

"... Cuando el general Carlos Ibáñez del Campo fundó esta institución, reinaba en el país...", continuaba el director con su ceremonioso discurso, mientras, en la cabeza de la generala volvían los recuerdos trayendo a su mente el día que conoció a quien sería su pareja y padre de su único hijo.

A un año del plebiscito, fue comisionada a resguardar el ingreso de los alumnos del colegio Saint George como suele suceder en los distintos establecimientos del país.

Los padres que llegaban hasta ese lugar no dejaban de admirar a esta poco convencional oficial que con su juventud y su figura deslumbraba a los apoderados, a los alumnos de enseñanza media y provocaba la envidia de algunas madres. Fue tanta la atención que provocó que a los pocos días se ganó una portada en el *Diario Popular*, que acostumbraba a mostrar damiselas semidesnudas, aunque esta vez con mucho respeto, paternalismo y aire de orgullo patriota, mostraba la belleza de las nuevas generaciones del contingente femenino de Carabineros.

María Elena recordó que, en este período de su vida, apareció Matías Villanova en una moto Yamaha, doblando a la izquierda una hora antes del horario permitido.

Ella, con asombro, pero reaccionando frente a este hecho, creyó prudente dar un escarmiento al osado motociclista. A pesar de que el tránsito no era su especialidad, estaba dentro de las responsabilidades de todos los uniformados sancionar a los ciudadanos que no cumplieran las normas de tránsito.

Levanta su mano haciendo el tradicional gesto de detención.

—¡Documentos, señor!

—¿Y por qué sería? —pregunta el motorista con pesadez.

—Usted dobló a la izquierda antes de la hora prevista; el letrero dice: «No virar de siete de la mañana hasta las diez horas».

—Eso es correcto, y son las diez con diez minutos. ¿No?

—¡No, señor! Son las nueve con diez minutos.

—¡No le puedo creer! —dice fingidamente el infractor—. Le juro que vi las diez —termina diciendo, sacándose el casco y sonriendo con amabilidad.

—Es la mejor excusa que me han dado en semanas —contesta ella con asombro.

—Está bien, puede retirarse —finaliza la uniformada deslumbrada por su sonrisa y su mirada perturbadora.

No pudo evitar coquetear con este extraño personaje. Él, notando esa actitud, se embelesa con su manera de hablar y mirando disimuladamente su ceñido uniforme, le da las gracias. A partir de ese evento, comenzó a pasar todos los días por el mismo lugar solo que ahora pasaba en el horario correcto.

Finalmente, Matías la invita a salir en su tiempo libre, a lo que ella acepta ruborizándose, debido a la mirada curiosa de los pasajeros de la locomoción colectiva que abundaban en esa esquina.

Matías era un hijo de exiliados, que se dedicaba a la fotografía. Su relación con los uniformes era pésima, pero no pudo evitar enamorarse perdidamente de la joven oficial, quien le correspondía más enamorada aún que él.

De esta manera, no pasó un año y el vientre de la teniente García comenzó a crecer, provocando en la institución un revuelo que la tuvo al borde del retiro obligado.

Pero su compañero de armas, Javier Barros, logró defenderla hasta el último momento, sentando un precedente nunca visto en la policía, siempre tan encajonada en la marcialidad y el pensamiento machista de la época.

María Elena tuvo su hijo y llevó una vida amorosa por cinco buenos años. Pero, luego de esto, la actitud de Matías comenzó a cambiar poco a poco. Su afición a la heroína, tema que creía superado, lo atrapó nuevamente luego de ver cómo su pareja brillaba y era admirada por las nuevas generaciones. Su dependencia a las drogas le nublaba la razón.

Su vida y su formación en Londres le impedían adaptarse a un país como Chile, tan lleno de doble vida de consumo y créditos por doquier, que impedían la vida que él esperaba. No pasó mucho tiempo más para que su separación fuera un hecho.

Desde ese momento, la vida de María Elena se centró en su hijo y su carrera policial, tema este último no muy fácil, debido a su soltería; pero ella, con la perseverancia legada por su padre, logró siempre imponer su criterio.

Su padre fue un policía que murió defendiendo a unos pobladores en el fatídico golpe de Estado de 1973 y un oficial, amigo de este, se encargó de ocultar el hecho para evitar las represalias a la familia del malogrado uniformado. El mismo oficial que, con los años, patrocinó el ingreso de la joven a la institución.

"… por eso, recibamos con un aplauso a…".

María Elena, volviendo a la realidad, se levanta de su silla para recibir los honores correspondientes. Sabía de su papel. Una institución que siempre está en el centro de la polémica, donde la visión masculina predomina y donde los riesgos están siempre presentes. La delincuencia es cada día más dura, los Gobiernos cada vez más difíciles, siempre presionados para ser más duros, más eficientes, más cuidadosos.

La contingencia y la tozudez de un gobierno autoritario habían mermado la relación entre la policía y la calle cuando el levantamiento social estalló para exigir las demandas dormidas desde los tiempos de dictadura, donde el sistema neoliberal se adueñó de la agenda económica, estrangulando el sistema de vida de la mayoría de los ciudadanos. El despliegue policial, en este escenario, se tornó gravemente represor. La gente sintió un duro golpe, que dejó a la fuerza policial demasiado frágil en su relación con la ciudadanía, por las graves secuelas de ese levantamiento ciudadano, reprimido, como tantas veces en Chile, en favor de las pocas familias que controlan el patrimonio del país.

En este escenario el general Barros asumió interinamente mientras se reorganizaba la institución, en un largo proceso de modernización y renovación policial, con el fin de hacer frente a los nuevos desafíos policiales cotidianos. Pero su retiro era inminente, ya que su corazón había sufrido dos preinfartos.

Todo el país esperaba expectante ese cambio, pues por primera vez en esa institución comenzaba a aparecer el nombre de una mujer como directora general; cuestión que motivaba a la gente, sobre todo por la fuerza con que los movimientos feministas que buscaban la paridad de género habían irrumpido en el acontecer nacional aportando nuevos idearios colectivos.

Pero la generala estaba dispuesta a cumplir con su deber, como siempre lo había hecho y sabiendo que su papel estaba haciendo historia por ser la primera oficial en ocupar un cargo tan trascendente en la vida nacional.

Los acontecimientos del país habían precipitado los cambios generacionales en la institución; el desorden, la indisciplina y el adoctrinamiento soterrado de las fuerzas antimotines, auspiciado por los gobiernos de países poderosos, tenían al país absolutamente fracturado.

Se sumaba este zapato chino a la efervescencia social de un país que intentaba luchar contra un sistema neoliberal brutal, que ahogaba las proyecciones de vida de la gente. La juventud —los nietos de aquellos que habían luchado en la dictadura— había reaccionado frente al festín de injusticias sociales no resueltas y frente a la pérdida de derechos ciudadanos, y lo hacía con la fuerza que les daba su propio calvario, sus deudas universitarias, sus hospitales públicos paupérrimos y sus deudas diarias, en un país que avalaba el endeudamiento como forma de vida.

Sabía que su labor sería observada por muchos, poseía un historial difícil para el mundo conservador, pues fue madre soltera, hija de un oficial disidente de la dictadura y mirada con buenos ojos por el mundo popular, que la sentía un personaje más cercano que sus antecesores.

¿Serían nuevos y buenos aires en las militarizadas fuerzas policiales?

El tiempo lo dirá; la historia se teje minuto a minuto...

La gran carrera

Mi nombre es Julián; al menos eso dijo la gran madre celestial, soy un espermio.

Hoy ha empezado mi carrera y, si gano, ese será mi nombre: Julián. Pero la tarea es difícil; me acompañan millones de espermios que, como yo, llevan un nombre y las mismas ganas de llegar a destino.

Nuestro creador, según las estadísticas que leemos en los conductos, nos indica que estamos en un gran día; los impulsos de nuestro padre son enormes, todo tiembla a nuestro alrededor y se alumbra de rojo nuestro camino, señal que indica posible fecundación exitosa; no hay profilácticos en la costa ni tampoco hormonas asesinas.

Eso nos motiva —no sabemos muy bien por qué— a correr con más fuerzas; estamos contentos, jubilosos, aunque no sabemos por qué.

Tal vez por el entusiasmo con que la pareja de nuestro creador se mueve y grita.

Parece ser un gran día para ellos también, el camino está cada vez más fluido, nuestra velocidad es acelerada por uno de aquellos impulsos internos que nos hace gritar y sonreír. Creo que estamos cerca de nuestra meta.

Hemos salido expulsados por nuestro creador y avanzamos por un portal con un mensaje que escuchamos con atención:

¡Sigan hacia adelante, hacia las trompas de Falopio!

Este salto maravilloso nos llena de felicidad; una gran luz nos acompaña dorando nuestra caída vertiginosa hacía un precipicio.

Todo es dulce y hermoso acá afuera, corremos como locos; llevo la delantera, me siento lleno de energía, las paredes son dulces, acogedoras, aromáticas.

Vemos el final del camino. Llevo tanta información en mi ser que muero de ganas por llegar; al fondo, se ve un sistema planetario; debo aferrarme a uno de esos planetas; me lo indica mi intuición. Doy un salto hacia el vacío y el vértigo nubla mi vista, ese gran planeta me sonríe, una pequeña compuerta se abre; mientras caigo en ella un líquido dulce me espera. Creo que soy el único, creo que soy el ganador, me lo indica el tierno arrullo del entorno. Estoy solo y me angustio, pero es extraño; también siento paz.

Sigo recibiendo información desde mi nuevo lugar de reposo, donde siento vibraciones que me estremecen, me envuelven, me dan calor.

No quiero salir nunca de aquí; es demasiado cálido. Pero me llegan chispazos con nuevos datos que no puedo dejar de atenderlos.

Tiene que ver con algo nuevo para mí, dice llamarse amor y es un mensaje directo de ella, de la pareja de mi creador. Mensajes de amor que se unen a mí, a mi nuevo futuro, a mi extraño estado. Creo que ese es el premio por llegar primero.

El tiempo pasa; me siento diferente, aunque no veo nada, hay sabores olores y vibraciones mágicas. Cuando hicimos la carrera sentía que llevaba mucha información; pero ahora siento que llevo más, el doble, el triple de información.

Voy entendiendo más mi lugar, ahora escucho más. A veces me siento incómodo cuando Priscilla —ese es el nombre de ella, mi madre—, cuando ella come o bebe; pues su comida llega a mí. Cuando come cosas dulces quiero volver a correr, pero siento que ahora soy más que un espermio, soy una persona, según los últimos datos. Tengo forma.

Puedo sentir el cariño de Gaspar, mi padre, que me habla todas las noches diciéndome que me espera, que está ansioso por conocerme. Yo le respondo con una patada que lo hace reír, para luego dormirnos los tres. Comienzo a tener conciencia, pero no hablo como ellos, solo puedo expresar mi sentir con movimientos y patadas, pero ellos me entienden, porque ríen y me conversan con más entusiasmo. Creo que nos comunicamos. Los quiero. Me cuidan y eso me gusta.

Me gusta chuparme el dedo, me hace dormir y no pensar; descansar y disfrutar de este camino. A veces me aburro porque escucho mucho ruido; otras personas que gritan con angustia, otros lloran, yo también siento ganas de llorar. Es algo nuevo para mí.

Hoy es un día especial, creo que mis padres se mueven dando vueltas y vueltas; pensé que era una de esas veces en que gritan y se dicen que se aman. Pero es diferente.

Por fin he entendido. Se llama baile, están celebrando con más gente, es el cumpleaños del padre de Priscilla, mi abuelo.

¿Por qué sé todo esto y no puedo hablar como ellos? No lo sé, eso me da miedo.

Me siento extraño, quiero como llorar, pero todos bailan y con el ruido me dan ganas de estar ahí; están contentos.

¡Quiero salir, quiero salir!

¿Qué hice? Algo pasa, todos corren, nos llevan a algún lado; me siento como apretado, como que alguien me amasa, escucho voces nerviosas. Mi papá habla emocionado, todos nos dicen adiós; el abuelo va con nosotros.

¿Dónde iremos? Me siento mal, quiero salir de aquí.

Siento una voz, tan dulce como la de mi mamá..., que dice:

—¡Buen viaje! Has terminado tu primera etapa. Ahora conocerás a tus padres; ellos te cuidarán y te enseñarán a seguir adelante, el camino es duro y debes ser valiente. Eres afortunado, porque te están esperando, se han dado todas las condiciones para que lleves una buena vida.

Ellos te enseñarán a hablar, irás a una escuela y crecerás. Por ahora solo tendrás tu llanto para comunicarte cuando tengas hambre y frío. Ten paciencia y ¡bienvenido al mundo!

Soy tu abuela, no estoy con ellos, pero velaré por ti y tus futuros hermanos. Estoy con mis padres y tus abuelos paternos en un lugar diferente. Junto a ellos, los veremos avanzar en la vida; los amaremos por siempre.

Ahora ve afuera, que te están esperando...

Y Cristo llegó…
(El fin del mundo a la chilena)

Y era cierto; finalmente, Jesús llegó. Aquel año, 2012, el Cristo se hizo presente. Lo que tanta agrupación evangélica prometió por años y años en el paseo Ahumada se hizo carne, pero con algunas diferencias: no descendió del cielo; llegó en una moto Harley Davidson y con un estilo parecido a Terminator; con gafas oscuras y botas vaqueras.

Su primera acción fue recorrer la Plaza de Armas; desconcertado, pensó que se había equivocado en las coordenadas, creyendo estar en Perú. Se asombraba pensando que aún quedaban resabios del Imperio inca tan al sur; aunque no tardó en darse cuenta de que su destino era el correcto y que los inmigrantes que venían a trabajar a este ingrato país repetían las costumbres de sus orígenes, ocupando los espacios públicos que los chilenos abandonaban presurosos para privilegiar largos paseos por los modernos centros comerciales. Decidió entonces proseguir con su misión, buscando alojamiento en un discreto lugar al lado norte del río Mapocho.

Al tercer día, apareció en la Catedral de Santiago, donde se encontraban celebrando misa los actores políticos de este país, quienes daban gracias al cielo porque los estudiantes no lograron imponer la gratuidad en los colegios, generando así las suculentas ganancias que el lucro en la educación provee.

Carlos Echeverría, flamante senador y presidente del partido gobernante, muy contrariado y con su arrugado rostro añoso, se acerca al Cristo diciéndole:

—¡Si tú eres el Mesías, por la miéchica, hazte un milagrito!

Jesús sacándose las gafas, mira a toda la aromática comunidad reunida en el templo donde algunas mujeres lloran desconsoladas y otras, emocionadas, comenzaban a suspirar por el Cristo al que encontraron muy guapetón, pues era tan semejante al sueño occidental del ungido, con ojos intensamente azules y larga cabellera, cual músico de banda gótica. Pero, sabiéndose vigiladas por sus maridos, solo atinaban a persignarse para evitar las tentaciones.

El Mesías mira al añoso senador incrédulo, lo lleva al confesionario y levantando el dedo medio, bajo una cortina de humo, transforma al arrugado representante del pueblito enclavado en las faldas de un cerro, en peón de fundo con chupalla de paja y *jeans*; tradicionales pantalones conocidos en Chile como "Pecos Bill" en décadas pasadas, asemejándose a un personaje que tanto gustaba a la clase alta chilena del siglo pasado: Juan Verdejo Larraín, caricatura cómica de un pícaro personaje inventado por Héctor Meléndez y Jorge Délano, más conocido como Coke, por allá en la primera mitad del siglo veinte.

—Chita, me jodieron por la máquina —dijo contrariado Carlos Echeverría y se retiró corriendo con el sombrero en las manos y secándose las lágrimas con el paño de saco harinero amarrado a la cintura.

Hecho esto, el presidente de la república dice:

—Cristo, déjame decirte una cosa, queremos los mejores deseos para nuestro querido país que te respeta tanto, todos te llevan en sus corazones. Por ello te pido un milagrito, grande, fuerte, poderoso, el mejor de los milagros para esta patria querida que tanto te adora.

El ungido lo miró con los ojos inyectados en sangre luego de escuchar la petición; aunque para ser honesto, en realidad, se debía a la juerga de la noche anterior a la que había sido invitado por dos amantes de las motos:

el hermano del presidente y Coco Legrand; este último, comediante y humorista nacional, que, junto a todos sus amigos motoqueros, recorrieron la ciudad y sus alrededores con el forastero. La fiesta fue increíble.

«Acompáñame a tu palacio», dijo el enigmático Mesías...

Subiendo a su Harley le indica al presidente subirse en la parte de atrás, mientras, el orfeón se apresuraba a tocar el tema "Born to be Wild", del grupo roquero Steppenwolf, conocido como un himno del *hippismo* setentero a través de una película motoquera llamada *Busco mi destino*. El nervioso presidente sonreía pensando en los dividendos políticos que le dejaría este paseo en moto; la gente los seguía mientras avanzaban por calle Catedral. Una vez en el palacio presidencial, se asoman por un balcón del frontis mirando hacia la calle Bulnes.

Cristo levantó nuevamente su dedo medio y, ante al público presente y al lado de Su Excelencia, quema la enorme bandera ubicada frente al palacio.

La gente desesperada corre por las calles; el fuego purificador altera los corazones de la abrumada multitud, ante lo cual decide no seguir mostrando pruebas, con el fin de aplacar la desesperación. Lo importante era que su mensaje sería escuchado por todos sin chistar.

El ministro del Interior, frente a los acontecimientos se arrodilló pidiendo perdón por reprimir a los manifestantes sin discriminar a los pacíficos.

El exalcalde de Santiago y Las Condes, y además eterno precandidato presidencial del segundo partido de Gobierno, Agustín Garín, en un acto de desprendimiento inusitado, decide no postularse nunca más a la presidencia.

Todos los parlamentarios comenzaban a hablar de justicia para el pueblo, anunciaban medidas para controlar los abusos, pregonaban la urgencia de construir más hospitales y abogar por sueldos más justos.

Sin embargo, la ira del hombre santo crecía y crecía aún más al notar que todo aquello que los poderes fácticos intentaban mantener estático se convertía en letra muerta frente a la posibilidad, muy cierta, de perder la vida en un castigo divino.

Un exministro del anterior Gobierno, Jaime Vial, lo increpaba, indicando que no era justo lo que estaba haciendo con la democracia chilena que tanto había costado construir.

—¡El que esté libre de pecado que lance la primera piedra! —dice el Cristo mirándolo a los ojos.

¡El que no haya aprobado la privatización de las empresas eléctricas, el que no haya aprobado la privatización de la educación, la salud y el suministro de aguas que venga a hablarme de injusticia...!

¡No han aprendido nada acerca de justicia social!

Finalmente, encendiendo un porro y aclamado como un *rock star* dice:

"Es la hora de pensar, hermanos; apagad vuestros televisores y celulares, preocupaos de vuestros hijos, vosotros no sois solo sus amigos, sois sus padres y es deber de vosotros educarlos, guiarlos y darles amor.

Si debéis separaros, hacedlo en paz; acudid a los centros de encuentros para divorciados y terapias de ayuda psicológica, que es la solución para quienes quiebran sus vidas. ¡Las fiestas son increíbles!

Los Gobiernos, almas queridas, deben ser justos con los ancianos y tratadlos como se merecen; han entregado su vida por la sociedad, por lo tanto, devolvedles la mano.

Debéis cuidar a los discapacitados, a los no videntes y a los niños.

¡Basta de Teletones!

Si los Gobiernos no amojonan por su pueblo, caerán rayos sobre la ciudad.

Los que paguen sueldos miserables y evadan impuestos serán convertidos en estatuas de sal.

De vosotros depende hacer de este país un lugar habitable.

¡Basta de caridad! Esa es la forma en que los poderosos creen salvar sus pecados, pero están equivocados. Quien regale una moneda será fulminado por los arcángeles, desde ahora en adelante...".

La ciudadanía toda lloraba emocionada y asustada por los acontecimientos.

Finalmente, el Cristo dijo:

"Si vosotros pensáis que podéis comprar la salvación, estáis muy equivocados.

¡La única salvación... es el rock!".

Y saltando a su moto *Harley* se perdió por la ruta 5 sur con destino desconocido.

Nadie sabía a ciencia cierta si se trataba de Jesús, el Cristo o un extraterrestre, o de Jesús Smith Ivanov, un ilusionista de Las Vegas y doble espía ruso-americano, según la información de la CIA y el servicio secreto del Vaticano. Pero los prelados descartaban su divinidad por la simpleza de sus milagros, aunque se rumoreaba que los chinos en su colosal desarrollo estaban tan avanzados que los milagros eran ya una posibilidad real.

Ante tanta algarabía, el Gobierno de turno decidió frenar la privatización de los sentimientos y la oposición buscó aunar esfuerzos para generar una mística ética entre sus correligionarios, recordando que la política es un servicio público y no un escenario donde pasear los mezquinos egos.

Y, haciéndose eco de las últimas palabras del ungido, en todo el espectro político comenzaron a usar largas cabelleras, chaquetas de mezclilla, pantalones de cuero y cadenas con el símbolo de la paz. Las mujeres usaban largos vestidos floreados y bolsitos de lana.

En las esquinas, los vendedores ambulantes ofrecían aquel viejo cartel con un cristo *hippie*. La clase política no estaba segura de que esta moda fuera el camino a la salvación, pero, ante la poca credibilidad de sus actos gubernamentales, nadie se atrevió a hacer algo diferente y se acomodaron con entusiasmo mesiánico a los nuevos tiempos.

Pero la lucha duró muchos años, ya que luego de la visita vinieron las interpretaciones en las que cada bando político buscaba con ahínco una manera de atraer los acontecimientos hacia sus filas.

La líder espiritual de la oposición les enseñó los últimos trucos adquiridos en sus viajes por el mundo; les enseñó la telepatía, con lo cual podrían ganar adeptos sin que sus contrincantes se enteraran de los proyectos para encantar al electorado. Y, haciendo honor a la malísima memoria chilena, la política se vio envuelta en dimes y diretes, acusándose de una y otra cosa. Finalmente, a través del agua bendita, la Iglesia comenzó a entregar drogas antimemoria, antes que esta tendencia alejara más fieles de los que ya se habían apartado. Por otro lado, el Gobierno, a través de los centros comerciales introdujo drogas antimemoria a través de la comida chatarra, tan requerida por su bajo costo, ya que, según el consejo de los poderes fácticos, era mejor hacer olvidar a la gente este evento tan sui géneris. Que era mejor dejar las cosas como estaban, porque, en caso contrario, el caos se apoderaría del país y las consecuencias podrían ser nefastas para los exitosos índices macroeconómicos.

Sobre el Cristo hecho carne, algunos dicen que lo vieron en Chiloé, de juerga con el Trauco, el fauno libidinoso del archipiélago sureño. Otros dicen que lo vieron en la Isla

Friendship junto a los misteriosos y desconocidos pescadores nórdicos extraterrestres.

En Argentina, dicen que está en algún lugar de Jujuy buscando el pesebre donde nació.

Lo único cierto es que nadie sabe si sus milagros fueron un truco o una realidad, pero la ciudadanía toda quedó impresionada. Se miraban unos a otros pensando en el papelón que hicieron frente a tan alta autoridad moral.

El ala Opus Dei del Gobierno se preguntaba por qué el difunto líder espiritual no les había alertado a sus dirigentes, en sueños, de esta ilustre visita y a puerta cerrada buscaron evitar este tipo de situaciones. Así que comenzaron a adscribir famosillos de la televisión para atraer a las masas hacia sus filas y lograr con ello controlar todo evento perturbador del orden y las buenas costumbres.

A pesar del futuro incierto, nacieron nuevas fuerzas que poco a poco empezaron a entregar nuevos aires a la añosa política contingente. Los ideales de justicia se enfrentaban al dinero de aquellas poderosas familias que todo lo frenaban con lucro y estrangulamiento financiero. Pero, con todo, la visita del extraño mesías había dejado una esperanza en las nuevas generaciones, quienes comenzaron a emprender un nuevo ciclo político, similar a todos los periplos históricos del país, solo que esta vez la velocidad de la información hizo tambalear la gobernabilidad clásica.

El milagroso cisma trajo consigo una esperanza a largo plazo.

Por cierto, diez o veinte años han de pasar hasta poder analizar si tal evento logrará traspasar la barrera del dinero y la amnesia colectiva.

Siete años después de esa jornada, la lucha popular se adueñó del país, ya que las cosas siguieron sin trastornos por la senda de la macroeconomía nacida en Chicago. La poca gente que recordaba los acontecimientos del 2012 no logró reescribir ese episodio religioso, pues los medios de comunicación leales al poder económico se encargaban de farandulizar hasta las más mínimas expresiones de descontento social o de cualquier atisbo de rebeldía. Solo los abuelos lograron mantener la flama a través de sus nietos, quienes veían a sus ancianos parientes finalizar su vida en la miseria.

Algunos pobladores dicen haber visto al Cristo en las últimas protestas, solidarizando con la primera línea de las marchas reivindicatorias. Incluso, se cuenta que en un incendio por la zona costera apareció fugazmente en un despacho en directo de la televisión. Por supuesto, las imágenes fueron borradas por los controladores de medios.

El eterno candidato Opus Dei, olvidando su promesa, cada cierto tiempo proclama su candidatura, vistiéndose como *hippie* por las calles, como ninja, como Homero Simpson, como mujer, como hombre, como trans, y un sinfín de camaleónicas apariciones, avalado por los medios, quienes cubren sus intervenciones con entusiasmo.

Aun así, cada cierto tiempo la leyenda del extraño visitante divino revive en las distintas zonas del país, que aún siguen convulsionadas y en busca de un mejor futuro para sus familias...

La diabla
(Un cuento levemente erótico)

Por las calles de Concepción, la lluvia ejercía toda su fuerza diagonal contra los transeúntes en aquella fría mañana de invierno.

Carlitos recorría la Vega Monumental en busca de los productos con los que provee su surtido almacén de barrio en Hualpencillo, donde las calles en esta época del año entregan un triste color gris.

Desde su juventud había sido un poco aventurero; como marino mercante, había recorrido el sur de Chile, algo del Caribe y parte de Asia, y había conocido a su mujer en Talcahuano en una de sus recaladas. No tenían hijos, pues ella tenía problemas para concebir.

A Carlitos no le importaba, ya que eso les había dado un poco de libertad para viajar, tener buenas vacaciones y disfrutar de otra manera; principalmente, para hacer llevadera la vida a ella y su recatada personalidad.

Llevaba ya cinco años fuera de la empresa naviera, se había retirado y a los cincuenta años manejaba su negocio junto a su tímida y amada esposa Eulalia.

Conocido y respetado por todos sus vecinos, quienes daban vida a su negocio, donde se reunían las señoras en la mañana para copuchar sobre la farándula o alguna noticia chismosa del barrio; mientras que en la tarde los hombres, después del trabajo, se reunían con Carlitos para acompañarlo y hablar de los cahuines del barrio y de las nuevas fotos de los calendarios cerveceros, que aparecían siempre para alegrar la vida sexualmente aburrida de los añosos vejetes.

Una noche, don Chato llegó muy sonriente, pues comentó que, al lado de su casa, es decir, al frente del negocio, habían llegado nuevos vecinos y que la mujer se veía muy bien; más bien, se veía más rica que la cresta, terminó diciendo don Chato mientras le brillaban los ojos libidinosamente.

Carlitos y el resto de sus amigos reían con el rostro y el entusiasmo del cahuinero vecino.

Todos esperaban con ansias que se apareciera pronto en el local para enterarse de los detalles. Así es como, en un par de días, se dio la condición esperada por los parroquianos.

Susana cruzó la calle con su pelo al viento y su corta falda de mezclilla; Carlos levantó la mirada cuando unos pendejos en bicicleta le comenzaron a gritar y a lanzar piropos con gruesas palabras; el almacenero dejó de ordenar los tarros de arvejas en conserva y notó que la nueva vecina se acercaba al negocio.

Una vez dentro, vio que ella estaba un poco asustada, a lo que Carlitos le dijo:

—¡No se preocupe! Esos muchachones son de las casas de acá atrás, son inofensivos, un poco sueltos de lengua no más.

—Bueno, si usted lo dice, me quedo más tranquila —respondió ella sonriendo coquetamente.

—Me presento, me llamo Carlos Ramírez, soy el dueño de este bolichito, que espero le sirva para sus necesidades.

Ella, sacándose del escote una pelusa le dice:

—Así espero yo también; me llamo Susana Miranda, mi marido y yo llegamos el viernes pasado desde Santiago.

—¿Ah, y por qué se vinieron tan lejos?

—Lo que pasa es que Mario estaba sin trabajo y un amigo de él le ofreció un puesto en una imprenta acá en Concepción. Así que vinimos a probar suerte.

—Bueno, yo creo que les va a ir bien por acá; los cambios siempre son buenos.

Susana compró un paquete de fideos y un tarro de salsa de tomates; luego se despidió de Carlitos con un beso en la mejilla diciéndole:

—Gracias, don Carlos, por todo, ha sido un gusto conocerlo.

—Igualmente, señora.

Dicho esto, se alejó dando media vuelta y moviendo su pelo de lado a lado mientras sus caderas se bamboleaban con mucha gracia.

Carlitos movió la cabeza, pensando cómo lo molestarían sus amigos cuando les contara que ella ya se había presentado.

Así transcurrieron las semanas continuando con la rutina de siempre; las mujeres en la mañana comentaban sobre la nueva mujer del barrio, quien por cierto se hizo mala reputación tan solo por usar faldas cortas. Los viejos enmudecían cada vez que ella entraba en la noche a comprar el pan y algunas verduras. Susana, muy entretenida, les conversaba y les coqueteaba a los alicaídos vejestorios quienes solo hablaban de ella en el negocio, pues en sus casas se comportaban muy correctamente, condenando las ropas de la joven mujer al unísono con sus cónyuges.

La señora Eulalia solo atinaba a mirar hacia abajo y mover la cabeza, pero su carácter tímido no le permitía ni siquiera pensar en alguna actitud celosa con su marido, pues él seguía siendo muy atento con ella; la mimaba, le llevaba flores a la casa, como siempre lo hacía los viernes que iba a la Vega Monumental.

Todo eso la hacía sentir más segura de su marido, pues, desde que la coqueta damisela llegó, en nada había cambiado su esposo.

Al final, prefería respirar profundo y no hacer caso a los venenosos comentarios de sus clientas.

Poco a poco Susana hacía amistad con Eulalia y Carlitos, a medida que necesitaba más del negocio, haciendo de ello una rutina diaria, al igual que su marido, el torpe Mario, quien todas las semanas llegaba con algún topón en el vehículo. Carlitos, pacientemente, le aconsejaba y le había dado el número telefónico de su amigo mecánico para que le ayudara a resolver sus problemas más económicamente. Poco a poco, la confianza fue creciendo y Susana comenzaba a contarle infidencias de su intimidad a Carlitos, mas no a Eulalia, pues no le tenía mucha estima. A decir verdad, no le simpatizaba, ya que la encontraba muy mojigata, muy poca cosa para Carlitos, quien a pesar de sus cincuenta años era bastante atractivo. Con sus ojos claros, su sonrisa amable, su pelo cano y sus arrugas de galán mayor de teleserie mexicana. De alguna manera, ella comenzaba a inquietarse con esos pensamientos.

Una tarde, mientras conversaba con Carlitos, le dijo:

—¿Vas a salir de vacaciones, Carlitos? Uy, perdón. No te importa si nos tuteamos, ¿verdad?

—No, no; no es problema —responde él, amable como siempre.

—Entonces, dime Susy no más, a secas. ¿Ya?

—Muy bien, Susy. —Y ambos rieron luego de eso.

—Bueno, sí —continúa Carlos—. Vamos al Caribe con la vieja en febrero, una cuñada vendrá a hacerse cargo del negocio; yo ya conozco, pero Eulalia no. En realidad, es la primera vez que ella saldrá del país. Está un poco nerviosa pero contenta.

Susana lo miró fijamente a los ojos por mucho rato, incomodando al bolichero; de pronto dijo:

—¡Qué suerte la tuya...! A mí me encantaría conocer el Caribe con esas aguas transparentes y tomar mucho sol. Pero, con lo que gana el Mario, ni cagando vamos a ir alguna vez. —Y se larga a reír a carcajadas junto con Carlitos—. ¡Uy, perdón, Carlitos, qué suerte la de ustedes...! Espero que me traigas alguna cosita de por allá —terminó diciendo mientras reía y salía del almacén.

Así pasó el verano, entre el calor y las lluvias que acostumbraban a

empañar la estación de vez en cuando. Carlitos, al regreso de sus vacaciones, comenzó a reencontrarse con sus amigazos, quienes le comentaban que la famosa Susy ya no se veía tan seguido en el negocio; que parece que estaba trabajando en Concepción.

Sin embargo, cuando los parroquianos se retiraron, apareció Susana con un traje típico de la tienda Falabella diciendo:

—¡Hola, Carlitos! Al fin llegaste. ¿Cómo te fue? Tienes que contármelo todo.

Carlitos, luego de relatar algunas de las actividades realizadas y debido a la penetrante mirada de ella, que no dejaba de mirarlo a los ojos mientras escuchaba sus relatos, le dice:

—Veo que ahora estás trabajando en Falabella...

—Sí, al Mario le bajaron el sueldo porque se mandó un ranazo con una máquina que tiene que pagar ahora —le dice ella con una mueca de desagrado.

—Así que estoy trabajando en el *mall*, por eso no había venido, como seguramente te habrán contado tus amigos copuchentos —dijo mientras lanzaba una carcajada.

Carlitos, un poco enrojecido, le contesta que no sabía nada.

—Es que estoy juntando platita para agrandarme las pechugas —le dijo susurrando mientras el bolichero movía la cabeza incómodamente y, tratando de sonreír, la mira asintiendo con la cabeza.

—Sí —continúa diciendo ella—. El otro día vi al doctor Silva en la tele y le encontré toda la razón; si uno no está conforme y, si se puede, hay que gastarse las luquitas en una po, sí, po.

Para terminar luego el tema, Carlitos saca unos llaveros de conchas que traía de regalo para los más conocidos y le entrega uno a Susy, que no paraba de hablar de sus pechugas y de lo importante que era para las mujeres sentirse admiradas.

Pasaron dos estaciones más y la rutina del barrio no tuvo mayores sobresaltos, hasta que llegó la primavera y las aburridas vecinas convencieron a Eulalia de hacer una fiesta de disfraces para celebrar el cambio de estación y donde, a regañadientes, muchas de ellas acordaron invitar a los nuevos vecinos; aunque parecían no congeniar mucho con el barrio. Concluyeron que, tal vez, con esto los podrían conocer un poco más y de paso curiosear más de cerca la operación de ella.

Esa suave noche todos los invitados venían disfrazados; los hombres un poco avergonzados de usar ropajes tan extraños y las mujeres felices sonriendo.

El asado marchaba muy bien y el alcohol y la música no fallaban.

Cuando sonó el timbre, todos los presentes se dieron la vuelta para ver quién tocaba a la puerta. Carlitos tomó su bastón de ébano y se dirigió a la entrada con sus polainas y su traje inglés; abrió y agrandó los ojos frente al espectáculo que se presentaba ante a él.

Eran Susana y Mario, quienes destaparon una botella de *champagne* en ese minuto, quebrando el farol de la entrada con el lanzamiento del corcho.

Mario venía disfrazado de Tarzán; es decir, con taparrabos muy diminuto que hacía resaltar su miembro, aunque el relleno ayudaba a hacer más exagerada la visión del paquetón. Desentonaba su abdomen, fruto de los variados pataches con sus compinches de la oficina.

Sin embargo, Susy venía vestida y producida para una gran noche; su traje de diabla era lo más exótico y provocativo de la fiesta. Sabía cómo deslumbrar y cómo conseguir que las miradas se posaran en ella y en sus partes íntimas, con su metro setenta y cinco de estatura, luciendo sus nuevos pechos de silicona, su fina cintura, su redondo culo, que dejaba fuera de sí a tanto obrero de la construcción, así como a su vecindad; todo ese lujurioso cuerpo sediento de sexo venía envuelto, esta vez, en un ceñido traje rojo con un escote hasta el ombligo, rebajado en la espalda, terminando en un taparrabos con dos broches y una cola terminada con punta de flecha.

Susy sonreía y giraba para que todos los invitados lograran contemplar su estilizada y ardiente figura; sus zapatos taco aguja resaltaban más aún su cuerpo inquieto; guantes transparentes de encaje, labios excesivamente rojos, una gargantilla de oro con un miembro viril también de oro colgando sobre su pecho, un tridente y un cintillo de brillos con rojos cuernos completaban su disfraz.

—¡Hola, Carlitos! —le dijo coquetamente al anfitrión.

—¿Te gusta mi disfraz de diabla?

Carlitos, temblando, solo atinaba a sonreír mientras su amigo don Chato dejaba caer su cigarro de la boca dentro de su copa de vino, manchando su albo traje de emperador romano y haciendo enfurecer a su mujer, quien no sabía más que pellizcar a su marido mientras lo llevaba del brazo y lo conducía al patio.

La señora Eulalia, dentro de su timidez, miraba al cielo pidiendo ayuda para que esta noche no se transformara en una mala experiencia.

Luego de un buen rato, Susy alcanza a ver a Carlitos, que se dirige a la cocina y, notando que Mario ya está del todo borracho hablando de política con los ancianos, va tras los pasos del almacenero. Rápidamente, cierra la puerta con llave diciéndole:

—¿Te gustó mi traje, Carlitos? Carlote, mi hombre, mi verdadero hombre. Lo compré pensando en ti.

Dicho esto, se abalanza sobre él, besándolo con pasión, como si el mundo terminara ese día; la lluvia comenzaba a caer copiosamente mientras Susana desabrochaba su taparrabo, mostrándole todo su húmedo sexo al pobre amante ocasional diciéndole:

—¡Hazme sentir una verdadera mujer...!

Carlitos, fuera de sí, se baja los pantalones mientras Susy se mordía los labios para ahogar el grito que saldría de su interior y lleva las manos de su amante hasta sus plásticos senos, cuyos pezones amenazaban con romper la tela del traje malévolo. Con tanta algarabía por la lluvia, nadie había reparado en que ambos habían estado entregados a los brazos del amor más fogoso de Concepción en esa noche.

Luego de esa decisiva tertulia amorosa, Susy no trepidaba en visitar a Carlitos en su local cada vez que sus amigos se marchaban, practicando todas las técnicas amatorias en el pequeño baño del local. A veces, cuando algún cliente entraba, se ponía bajo la caja y hurgueteaba el pantalón de Carlitos, provocando la desesperación del almacenero mientras atendía a los inocentes clientes.

Una de esas noches, estando en esa misma posición frente a la señora Eva, quien había olvidado comprar zapallo para los porotos del día siguiente, Susana repitió la provocadora acción hasta que Carlitos, en un acto irracional, pega un grito, levanta a su traviesa y ardiente amante, le baja la falda de Falabella junto a los calzones rojos de costumbre, la tira sobre los sacos de harina y comienza a fornicar enloquecidamente.

Ella, sorprendida por el ímpetu desaforado de Carlitos, mira a la asustada viejecilla, luego ríe y se dedica a gozar el momento de locura del almacenero.

La pobre señora Eva no pudo más que huir del lugar sin creer lo que había visto; y sin el zapallo, por cierto, que quería comprar.

Esa fue la última vez que Carlitos tuvo paz; pues el escándalo se apoderó del barrio, nadie daba crédito a tan inusitada situación; las vecinas indignadas se reunieron a juntar firmas para expulsar a esa insolente mujer del barrio. Las peleas terminaron por modificar definitivamente la cuadra.

El almacenero impulsivo comenzó a beber ante la huida de su amante, quien había escapado más al norte; peleó con su mujer, quien luego de esto terminó con su timidez, pues, por ese desliz, había perdido todo su amor y admiración por su viejo.

Los amigos ya no llegaban al local, sobre todo por la dura imposición de sus rudas cónyuges, que por supuesto se solidarizaban con su amiga Eulalia.

Finalmente, la quiebra fue inevitable y cerró ese local que tanta vida le dio al barrio de la comuna de Hualpencillo.

De la diabla, cuentan los lugareños que la han visto en el sector de San Carlos de la ruta 5 sur, con su traje rojo y con el taparrabos abierto buscando clientes, principalmente, camioneros, y así conseguir dinero para pasta base, alcohol y de vez en cuando un plato de comida.

Al pobre Carlitos, lo han visto en Melipilla trabajando de barrendero, gracias a un amigo que es vecino del alcalde; sin embargo, cada cierto tiempo desaparece y se le ve pidiendo limosna para comprar su caja de vino diaria, y durmiendo en hospederías de caridad.

El desesperante Mario vive aún de su escuálido trabajo en la imprenta, pero se gasta todo el dinero en los *nights clubs* de Concepción, donde ya no lo quieren recibir por lo escandaloso, rosquero y denso con las ninfas del lugar; es que cuentan que aún no olvida a la Susy, ni las veces que ella lo hizo feliz.

De la señora Eulalia se cuentan humildes pero grandes hazañas; vive en Santiago con una prima solterona; logró conseguir un préstamo para armar su pyme y reparte almuerzos por las numerosas oficinas en los modernos edificios de la calle Apoquindo. Flirtea con los guardias y conserjes, pero siempre puertas afuera, pues ya no necesita un hombre en la casa para salir adelante. Y, a sus cuarenta y cinco años, sigue llamando la atención, le sobran admiradores sin necesidad de producirse mucho, pues la naturaleza la dotó de un encanto natural y un cuerpo firme.

Solo se deshizo de su timidez que le provocó tantas penurias.